HEYNE BÜCHER

W0244505

BIBLIOTHEK DER SCIENCE FICTION LITERATUR

Herausgegeben von Wolfgang Jeschke

Von Stanley G. Weinbaum erschienen in der Reihe:
HEYNE SCIENCE FICTION & FANTASY:

Mars-Odyssee · 06/3168 und 06/3558
Die schwarze Flamme · 06/3387
Der dunkle Doppelgänger · 06/3424
Der neue Adam · 06/3542

In der BIBLIOTHEK DER SCIENCE FICTION LITERATUR:
Mars-Odyssee · 06/64

Liebe Leser,

um Rückfragen zu vermeiden und Ihnen Enttäuschungen zu ersparen: Bei dieser Titelliste handelt es sich um eine Bibliographie und NICHT UM EIN VERZEICHNIS LIEFERBARER BÜCHER. Es ist leider unmöglich, alle Titel ständig lieferbar zu halten. Bitte fordern Sie bei Ihrer Buchhandlung oder beim Verlag ein Verzeichnis der lieferbaren Heyne-Bücher an. Wir bitten Sie um Verständnis.

Wilhelm Heyne Verlag GmbH & Co. KG, Türkenstr. 5–7, Postfach 201204, 8000 München 2, Abteilung Vertrieb

STANLEY G. WEINBAUM

MARS-ODYSSEE

Science Fiction Erzählungen

Sonderausgabe

WILHELM HEYNE VERLAG
MÜNCHEN

BIBLIOTHEK DER SCIENCE FICTION LITERATUR
Band 06/64

Titel der amerikanischen Originalausgabe
A MARTIAN ODYSSEY
Deutsche Übersetzung von Walter Brumm
Das Umschlagbild schuf Bolo Petillo
Die Illustrationen zeichnete Johann Peterka

Sonderausgabe des
HEYNE-BUCHS
Band 06/3168

Redaktion: Wolfgang Jeschke
Copyrightvermerke siehe jeweils am Schluß der Texte
Copyright © 1970 der deutschen Übersetzungen
by Wilhelm Heyne Verlag, München
Printed in Germany 1987
Umschlaggestaltung: Atelier Ingrid Schütz, München
Satz: Schaber, Wels
Druck und Bindung: Presse-Druck, Augsburg

ISBN 3-453-31349-6

INHALT

Das Wunder Weinbaum

EINE EINLEITUNG VON SAM MOSKOWITZ

Viele Freunde des Science Fiction-Romans glauben, daß der wirkliche Beginn moderner Science Fiction mit ihrer Betonung schriftstellerischer Verfeinerung, psychologischer und philosophischer Durchdringung des gegebenen Stoffes und stärkerer Charakterisierung bei Stanley G. Weinbaum anzusetzen sei. Wenige Autoren auf diesem Gebiet der Literatur haben einen überzeugenderen Einfluß auf ihre Zeitgenossen und Leser ausgeübt.

Seine erste veröffentlichte Science Fiction-Erzählung »Mars-Odyssee« erschien in der Juliausgabe 1934 der Zeitschrift WONDER STORIES und wurde die beliebteste Erzählung in der literarischen Geschichte dieser Zeitschrift. Sofort als »Klassiker« der Science Fiction gepriesen, fand sich der Autor alsbald in die inoffizielle Ruhmeshalle des Genres aufgenommen.

Autorenkollegen waren in ihrer Anerkennung womöglich noch überschwenglicher als die Leser. H. P. Lovecraft, der in seiner Zeit selbst zur Legende und Mittelpunkt eines Kults von Bewunderern werden sollte, schrieb: »Irgendwie hatte er die Einfallsgabe, völlig fremdartige Situationen und Psychologien zu ersinnen, aus absolut ungewöhnlichen Motivationen folgerichtige Ereignisse abzuleiten und dabei Abstand zu jener billigen Dramatik zu wahren, in der sich fast alle Abenteuerschreiber suhlen.«

Das Vermächtnis von »Mars-Odyssee« für die Science Fiction-Literatur war so groß, daß es als Basis einer ganzen Vorlesung über die Entwicklung der Science Fiction dienen könnte, obwohl sich die Handlung auf die Schilderung von Reiseeindrücken beschränkt. Ein Raumschiff von der Erde landet auf dem Mars, und ein Besatzungsmitglied zieht aus, um den Planeten zu erforschen. Spannung wird erzeugt, indem die Geschichte in Form von Rückblenden erzählt wird. Das ist immer eine schwierige Erzählform, aber Weinbaum beherrscht sie mit vollendeter Eleganz.

Eine Vielfalt fremdartiger Lebensformen, die dem Entdekker begegnen, wird mit soviel Phantasie und Originalität geschildert, daß man sie nicht vergißt. Bevor er »Mars-Odyssee« schrieb, war es unter den Science Fiction-Autoren üblich, den menschenähnlichen Wesen wie auch den schauerlichen Monstren fremder Welten menschliche Motivationen zu unterschieben. Die Humanoiden wurden im Kontrast zum Homo sapiens entweder mit utopischen Konzepten ausgestattet, oder sie stellten eine zwanghafte Neigung zu Mord, Wollust, Betrug, Diebstahl, Machtgier und Eroberungen zur Schau.

Die Monstren waren darauf aus, entweder die Männer von der Erde zu fressen oder ihre Frauen zu schänden. Die Frage, ob eine Diät aus Menschenfleisch einem heranwachsenden fremdartigen Ungeheuer die benötigten Vitamine, Mineralien und Nährstoffe bieten könne, blieb dabei ebenso unberücksichtigt wie die möglichen Unterschiede in Ästhetik oder Anatomie, die die Vorliebe dieser Monstren für Frauen der menschlichen Spezies recht absonderlich erscheinen lassen.

Weinbaums Lebensformen folgen zum Genuß des Lesers einer Psychologie und Wertordnung, die den unseren häufig entgegengesetzt sind. Sie denken anders und sind anders motiviert. Ihre gesamte Lebensphilosophie entzieht sich völlig dem Bereich menschlicher Erfahrung. Mit der Schilderung der oberflächlichen Aspekte dieser Verschiedenartigkeiten gab Weinbaum der Science Fiction bleibende neue Impulse und führte die originellste Zoologie der Lebensformen ein, seit Franz L. Baum »The Wizard of Oz« schrieb.

Stanley Grauman Weinbaum wurde 1902 in Louisville, Kentucky, geboren und besuchte die Schule in Milwaukee. Zusammen mit Charles A. Lindbergh graduierte er 1923 an der Universität von Wisconsin, wo er Chemie studiert hatte. Weinbaums erste literarische Bemühungen datieren aus dieser Zeit und sollten im WISCONSIN LITERARY MAGAZINE erscheinen, waren aber so wenig konformistisch, daß ihre Veröffentlichung unterdrückt wurde.

Viele Jahre lang, bis er seine erste Science Fiction-Erzählung an WONDER STORIES verkaufte, hatte Weinbaum experimentelle Kurzgeschichten und Novellen geschrieben. Eine von diesen, eine romantische, intellektuelle Liebesgeschichte mit dem Titel ›The Lady Dances‹ verkaufte er 1930 an King Features Syndicate. Sie erschien unter dem Pseudonym Marge Stanley als Zeitungsbeilage im ganzen Land. In seinem Nachlaß fanden sich andere Kurzgeschichten, Gedichte, Science Fiction-Erzählungen und Stücke aus dieser Periode.

Der Erfolg von »Mars-Odyssee« führte zu einer Aufforderung der konkurrierenden Science Fiction-Zeitschrift ASTOUNDING STORIES, an dieser Publikation mitzuarbeiten, gekoppelt mit dem Anreiz verdoppelter Honorare.

Für ASTOUNDING STORIES schrieb Weinbaum in der Folge eine Serie von Erzählungen, deren Handlung auf der Venus spielt und die Abenteuer Ham Hammonds und Patricia Burlingames beschreibt, eines Amerikaners und einer englischen Biologin, die wertvolle Pflanzen suchen. Weinbaum entfaltete in dieser Serie seine große Begabung für die Darstellung verschiedener und bizarrer Lebensformen und fügte als sekundäre Handlungsebene eine sich allmählich entfaltende Liebesgeschichte hinzu, ein Element, das für die Science Fiction jener Periode eine absolute Neuerung darstellte.

Die bei weitem beste Geschichte in der Venus-Serie und möglicherweise die beste Erzählung, die Stanley G. Weinbaum je geschrieben hat, ist »Die Lotosesser«. Bei der Erforschung der dunklen Seite der Venus entdecken Ham und Pat eine Art warmblütiger Pflanzen, die bei weitem intelligenter sind als der Mensch. Diese Pflanzen haben nichts dagegen, von räuberischen Wesen gefressen zu werden und besitzen weder den Willen noch das Verlangen, eine Zivilisation zu schaffen.

Stanley G. Weinbaum umreißt die Philosophie, die eine intelligente Pflanze nach unserem Wissen des pflanzlichen Lebens haben könnte. Das Frage- und Antwortspiel zwischen Weinbaums Hauptfiguren und einer Pflanze namens Oskar kann nur als brillant bezeichnet werden. Die Charakterisierung Oskars, der wie ein umgedrehter Scheffelkorb aussieht, ist so interessant und der Gedankenaustausch zwischen ihm und den Menschen ist so gewandt dargestellt, daß dem Leser unbewußt bleibt, daß die Absicht der Erzählung nicht das Abenteuer ist, sondern die Philosophie.

Das Konzept der außergewöhnlichen Frau beherrscht einen großen Teil von Weinbaums Denken. Seinen überzeugendsten Ausdruck findet es in der Erzählung »Die letzte Anpassung«, die zuerst unter dem Pseudonym John Jessel erschien, weil sie keine Gemeinsamkeiten mit Weinbaums anderen Erzählungen hatte.

In »Die letzte Anpassung« bekommt Kyra Zelas, ein kränkliches, unattraktives Mädchen, ein Serum injiziert, das sie in eine Superfrau verwandelt, die fähig ist, sich physisch sogar Messerstichen und Schußverletzungen und moralisch der fragwürdigen Ethik anzupassen, die den Weg zur Macht ebnet. Völlig amoralisch, außer in ihrer Liebe zu Dr. Daniel Scott, dem Mann, der sie durch sein wissenschaftliches Können verändert hat, macht Kyra Zelas sich daran, die Nation unter ihre Gewalt zu bringen.

Trotz der Tatsache, daß auch er sie liebt, unternimmt Daniel mehrere Versuche, Kyra Zelas zu zerstören. Der dramatische Effekt der Handlung ist so groß, daß die Erzählung dreimal für das Fernsehen produziert und zusätzlich verfilmt worden ist.

»Insel des Proteus« war ursprünglich ebenfalls dazu bestimmt, unter dem Pseudonym John Jessel zu erscheinen, kam aber nach dem Tod des Autors unter seinem Namen heraus. Handlungsort der Erzählung ist eine Insel, wo jedes lebende Wesen, ob Säugetier, Pflanze, Vogel oder Insekt, die monströsesten Mutationen durchgemacht hat. Ein Mann, der auf dieser Insel landet, entdeckt ein anscheinend normales Mädchen inmitten dieser verrückten Umgebung und verliebt sich in sie. Die Fähigkeit, absurde, unheimliche und lächerliche Lebensformen zu ersinnen und glaubhaft zu machen, wird in dieser Erzählung überzeugend vom Autor demonstriert — so überzeugend, daß eine Stimmung des Grauens entsteht. Der Held wird von dem Gedanken verfolgt, daß dieses anscheinend »normale« Mädchen strahlungsgeschädigte Gene besitzen könnte, die zur Geburt von menschenähnlichen Monstrositäten führen würden, weshalb eine Ehe mit Kindern unmöglich wäre. Weinbaums Kenntnisse über die Auswirkungen von radioaktiven Strahlungen sind offenbar und bilden einen integrierenden Bestandteil der Erzählung.

Weinbaum erlebte die Veröffentlichung dieser Kurzgeschichte nicht mehr. Am 14. Dezember 1935, nur 15 Monate nach dem Erscheinen seiner ersten Science Fiction-Erzählung, starb er im Alter von 33 Jahren an Kehlkopfkrebs.

Das Ausmaß seiner Tapferkeit wird durch die Tatsache unterstrichen, daß es in seinen Erzählungen von »Mars-Odyssee« bis zu »Insel des Proteus« Beweise dafür gibt, daß er sich über die Natur seiner Krankheit im klaren war. In »Mars-Odyssee« findet der Held auf dem Mars einen radioaktiven Stein, der Warzen zum Verschwinden bringt und als ein mögliches Heilmittel für Krebs dargestellt wird. In der ersten Folge der Serien von Ham und Pat, die den Titel »Planet der Parasiten« trägt, treten unter den Schrecken der Venus gigantische Krebszellen auf, die alles Leben in ihrer Bahn zerstören. Das Serum in »Die letzte Anpassung« immunisiert den Körper gegen Krebs. Radioaktivität aus einem Gerät, das verwendet wird, um die »Insel des Proteus« in einen von Ungeheuern bewohnten Ort des Schreckens zu verwandeln, verursacht auch eine bösartige Krebserkrankung der Frau des Professors, der das Gerät erfand.

»Der Rand der Unendlichkeit« gehört zu Weinbaums experimentellen Frühwerken und wurde nach seinem Tode veröffentlicht. Es ist von der Erzählung »Die zehnte Frage« von George Allan England beeinflußt, gehört aber unleugbar zu den gescheitesten Stücken leichter Unterhaltung, die je über etwas geschrieben wurden, das im Grunde eine mathematische Abstraktion ist.

Es war seine Vielseitigkeit und Könnerschaft in der Umwandlung solch unwahrscheinlicher Gegenstände in Unterhaltung, die seine Anhänger zu Verfechtern der Ansicht machte, daß in Weinbaum der Funke eines Genius gewesen sei, der durch seinen frühen Tod vorzeitig ausgelöscht wurde. Über diese Meinung läßt sich streiten, aber was sich nicht wegdiskutieren läßt, sind die starken Einflüsse Weinbaums auf die Arbeiten so bekannter Science Fiction-Autoren wie Henry Kuttner, Eric Frank Russel, Philip José Farmer und Clifford D. Simak. Seine Originalität, seine psychologische und philosophische Betrachtungsweise und sein gewandter Stil sind in der Zeit seit seinem Tode zu fundamentalen Bestandteilen des modernen, anspruchsvollen Science Fiction-Romans geworden.

Copyright © 1962 by Sam Moskowitz

Mars-Odyssee

Jarvis machte es sich so bequem, wie er es in der Enge des Aufenthaltsraumes der *Ares* konnte.

»Luft zum Atmen!« frohlockte er. »Nach dem dünnen Zeug da draußen kommt sie einem wie dicke Suppe vor!« Er nickte zum Bullauge hinaus, wo sich die Marslandschaft flach und eintönig im Licht des näheren Mondes hinstreckte.

Die anderen drei betrachteten ihn neugierig und mitleidig — Putz, der Ingenieur, Leroy, der Biologe, und Harrison, der Astronom und Expeditionsleiter. Dick Jarvis war der Chemiker jener berühmten Mannschaft der *Ares*-Expedition, deren Mitglieder als erste Menschen den mysteriösen Nachbarn der Erde, den Planeten Mars, betreten hatten. Dies war, natürlich, in den alten Tagen, weniger als zwanzig Jahre nachdem der verrückte Amerikaner Doheny auf Kosten seines eigenen Lebens den atomaren Antrieb perfektioniert hatte, und nur zehn Jahre nachdem der ebenso verrückte Cardoza damit zum Mond geflogen war. Sie waren echte Pioniere, diese vier Männer von der *Ares*. Abgesehen von einem halben Dutzend Mondexpeditionen und dem unglücklichen Flug de Lanceys zur Venus waren sie die ersten Menschen, die eine andere Schwerkraft als die der Erde fühlten, und ganz gewiß die erste erfolgreiche Mannschaft, die das Erde-Mond-System verlassen hatte. Und sie verdienten diesen Erfolg, wenn man die Schwierigkeiten und Unannehmlichkeiten bedenkt — die Monate in den Akklimatisierungskammern daheim auf der Erde, wo sie lernen mußten, die dünne Luft des Mars zu atmen, die Herausforderung des leeren Raumes, den sie in der winzigen Rakete durchflogen, angetrieben von den launischen Reaktormotoren des einundzwanzigsten Jahrhunderts, und vor allem die Konfrontation mit einer absolut unbekannten Welt.

Jarvis reckte sich und befingerte vorsichtig seine rote,

vom Frost angegriffene Nase, von der sich die Haut abschälte. Er seufzte zufrieden.

»Nun«, fragte Harrison abrupt. »Kriegen wir jetzt zu hören, was passiert ist? Du fliegst mit einer Bordmaschine in guter Ordnung los, wir hören zehn Tage lang keinen Pieps, und zuletzt holt Putz dich aus einem wahnsinnigen Ameisenhaufen, mit einem Monstrum von einem Strauß als deinem Kumpel! Nun rede schon, Mann!«

»Wie es meinem Befehl entsprach«, sagte Jarvis, »wartete ich, bis Karl hier nach Norden gestartet war, und dann kroch ich in meinen fliegenden Schwitzkasten und startete nach Süden. Du wirst dich erinnern, Käpt'n, wir sollten nicht landen, sondern nur nach Orten oder Dingen von Interesse Ausschau halten. Ich ließ die beiden Kameras laufen und brummte so in fünfhundert Metern Höhe dahin. Diese Höhe mußte ich aus mehreren Gründen halten. Erstens gibt sie den Kameras einen größeren Bereich, und zweitens sind die Abgasstrahlen der unteren Stütztriebwerke in diesem Halbvakuum hier so lang, daß sie bei niedrigem Flug Staub aufwirbeln.«

»Das wissen wir alles von Putz«, sagte Harrison ungeduldig. »Ich wünschte, du hättest wenigstens die Filme gerettet. Die hätten die Kosten dieser Reise hereingebracht; erinnert ihr euch, was für einen Rummel es um die ersten Mondfilme gab?«

»Die Filme sind sicher«, erwiderte Jarvis. »Also, wie ich sagte, ich brummte so dahin, ziemlich schnell, denn bei weniger als hundertfünfzig Stundenkilometern kommt in dieser Luft nicht genug Wind unter die Tragflächen, und auch so mußte ich die Stütztriebwerke laufen lassen, um Höhe zu halten.

Bei dieser Geschwindigkeit und Höhe, und mit den Luftwirbeln der Triebwerke war die Sicht nach unten natürlich nicht sehr gut. Immerhin konnte ich sehen, daß ich weit über dieser grauen Ebene segelte, die wir die ganze Woche seit unserer Landung untersucht hatten — die gleichen klumpenhaften Anhäufungen von Bewuchs und der gleiche

Teppich aus kriechenden kleinen Pflanzen-Tieren oder Biopodien, wie Leroy sie nennt. So segelte ich weiter, gab alle Viertelstunde weisungsgemäß meine Position durch und wußte nicht, ob du mich hörtest.«

»Natürlich hörte ich dich!« schnappte Harrison.

»Zweihundert Kilometer südlich von hier«, fuhr Jarvis unerschütterlich fort, »veränderte sich die Oberfläche zu einer Art Plateau, nichts als Wüste und orangefarbener Sand. Ich dachte mir, daß unsere Vermutung richtig sei und diese graue Ebene, auf der wir niedergegangen sind, tatsächlich das Mare Cimmerium sein müsse. Die orangefarbene Wüste wäre danach die Region, die Xanthus genannt wird. Wenn meine Vermutung sich als richtig erwiese, müßte ich nach weiteren hundertfünfzig Kilometern eine weitere graue Ebene antreffen, das Mare Chronium, und danach wieder eine Wüste, Thyle I oder II. Und so kam es auch.«

»Putz hat unsere Position vor eineinhalb Wochen verifiziert!« grollte der Expeditionsleiter. »Komm endlich zur Sache.«

»Sofort!« sagte Jarvis. »Ich war kaum dreißig Kilometer über Thyle — und ob ihr es glaubt oder nicht, ich kreuzte einen Kanal!«

»Putz hat hundert von den Dingern fotografiert! Laß uns endlich was Neues hören!«

»Hat er auch eine Stadt gesehen?«

»Zwanzig, wenn du diese Lehmhaufen Städte nennen willst!«

»Nun«, erklärte Jarvis, »von jetzt an werde ich ein paar Sachen erzählen, die Putz nicht gesehen hat!« Er befühlte erneut seine Nase und fuhr fort: »Ich wußte, daß ich um diese Jahreszeit mit sechzehn Stunden Tageslicht rechnen konnte, also beschloß ich nach acht Stunden umzukehren — ungefähr zwölfhundert Kilometer von hier. Ich war immer noch über Thyle, ob I oder II weiß ich nicht genau, aber es muß ungefähr vierzig Kilometer jenseits der Grenze gewesen sein. Und da wollte Putz' hübscher kleiner Motor nicht mehr!«

»Wollte nicht mehr? Wieso?« Putz war besorgt.

»Das Triebwerk wurde langsamer. Die Turbine kam nicht mehr auf Touren. Ich verlor Höhe, und plötzlich landete ich mit einem Bums mitten in Thyle! Schlug mit der Nase ans Fenster.«

»Hast du vielleicht versucht, die Brennkammern mit Salzsäure auszuwaschen?« forschte Putz.

»Ach wo!« sagte Jarvis verdrießlich. »Das würde ich natürlich nie versuchen — nicht öfter als zehnmal. Jedenfalls drückte der Aufprall das Landegestell platt und riß auch die unteren Stütztriebwerke ab. Zu meinem Glück wiegt ein Pfund hier nur zweihundert Gramm, sonst wäre ich jetzt flach wie eine Wanze!«

»Ich hätte es richten können!« erklärte der Ingenieur. »Ich wette, es war nichts Ernstes.«

»Wahrscheinlich nicht«, stimmte Jarvis sarkastisch zu. »Nur wollte das Ding nicht fliegen. Nichts Ernstes, aber ich hatte die Wahl, abzuwarten, bis jemand mich abholen käme, oder zu Fuß zurückzugehen — zwölfhundert Kilometer und vielleicht zwanzig Tage, bevor wir die Rückreise antreten müssen! Sechzig Kilometer pro Tag!« Er zuckte die Schultern. »Ich entschloß mich für den Fußmarsch. Die Chance, aufgenommen zu werden, war genau so groß, und ich hatte zu tun.«

»Wir hätten dich gefunden«, sagte Harrison.

»Zweifellos. Jedenfalls machte ich mir aus den Sitzgurten ein Traggestell und nahm den Wassertank auf meinen Rükken, schnallte einen Patronengurt und meine Pistole um, steckte an eisernen Rationen ein, was ich unterbringen konnte, und machte mich auf den Weg.«

»Den Wassertank!« rief der kleine Biologe, Leroy. »Der wiegt eine Vierteltonne!«

»War nicht voll. Wog vielleicht zweihundertfünfzig Pfund Erdengewicht, das sind fünfundachtzig hier. Außerdem sind meine persönlichen hundertachtzig Pfund auf dem Mars nur sechzig, also hatte ich mit Tank und allem ungefähr hundertfünfzig Pfund, das sind fünfunddreißig weniger als mein normales Körpergewicht. Darauf zählte ich, als ich

den täglichen Sechzig-Kilometer-Spaziergang unternahm. Natürlich nahm ich den geheizten Schlafsack für diese winterlichen Marsnächte mit.

Ich marschierte also los, und ich kam hübsch schnell voran. Acht Stunden verbleibendes Tageslicht bedeuteten dreißig Kilometer oder mehr. Es wurde natürlich ermüdend, so durch die Wüste zu stapfen und nichts zu sehen, nicht mal Leroys krabbelnde Biopodien. Aber nach einer Stunde oder so kam ich an den Kanal — das war nur ein trockener Graben, ungefähr hundertfünfzig Meter breit und schnurgerade.

Gelegentlich scheint aber Wasser darin zu sein. Der Boden des Kanals war mit etwas bedeckt, das wie eine hübsche grüne Wiese aussah. Nur, als ich näherkam, machte die Wiese mir Platz!«

»Was?« sagte Leroy.

»Ja, es waren Verwandte von deinen Biopodien. Ich fing einen — ein grasartiges kleines Ding, ungefähr so lang wie mein Finger, mit zwei dünnen Grashalmbeinen.«

»Hast du es mitgebracht?« fragte Leroy eifrig.

»Ich habe es wieder losgelassen! Ich mußte weiter, und als ich voranstapfte, öffnete sich das wandernde Gras vor mir, um sich hinter mir wieder zu schließen. Und dann war ich wieder draußen auf der orangenen Wüste.

Ich stapfte gleichmäßig dahin, verfluchte den Sand, der das Gehen so ermüdend machte, und deinen launischen Motor, Karl. Es ging gegen Abend, als ich den Rand von Thyle erreichte und über das graue Mare Chromium blickte. Und ich wußte, daß ich hundertdreißig Kilometer davon vor mir hatte, und dann noch ein paar hundert Kilometer von dieser Xanthus-Wüste, und danach noch mehrere hundert Kilometer Mare Cimmerium. Ob ich mich freute? Ich fing an, euch Kerle zu verfluchen, weil ihr mich nicht abholtet!«

»Wir haben es versucht, du Trottel!« sagte Harrison.

»Das half mir nicht. Nun, ich dachte, ich könnte den Rest des Tageslichts benützen, um den Plateaurand hinunterzusteigen, der Thyle gegen die Ebene abgrenzte. Ich fand eine geeignete Stelle und kam hinunter. Das Mare Chromium war genauso eine Ebene wie diese hier — verrückte, blattlose Pflanzen und die krabbelnden Biopodien. Ich gab ihnen einen Blick und zog meinen Schlafsack heraus. Bis dahin hatte ich nichts auf dieser halbtoten Welt gesehen, über das ich mir Sorgen hätte machen müssen — das heißt, nichts Gefährliches. Ich wollte gerade in den Schlafsack kriechen, als ich plötzlich den wildesten Lärm hörte. Ich wußte nicht, was es war, und schlich hin, um es herauszubringen. Es war ein Lärm wie von einer Menge Krähen, die einen Schwarm Kanarienvögel auffressen — ein Pfeifen, Gackern, Krächzen, Trillern und was weiß ich noch. Ich kam um eine Gruppe von buschartigen Gewächsen, und da war Tweel!«

»Tweel?« sagte Harrison.

»Dieser sonderbare Strauß«, erläuterte der Erzähler. »Tweel ist, wie ich es aussprechen kann, ohne zu spucken. In seiner Aussprache klang es wie Trrrweerrlll.«

»Was machte er?« fragte der Expeditionsleiter.

»Er wurde gegessen! Und quietschte natürlich, wie jeder es an seiner Stelle getan hätte.«

»Gegessen! Von wem?«

»Das fand ich später heraus. Alles, was ich zuerst sehen konnte, war ein Knäuel schwarzer, seilartiger Arme, die etwas umwickelten, das, wie Putz es euch beschrieben hat, einem Strauß ähnelte. Ich wollte mich natürlich nicht einmischen; wenn beide Wesen gefährlich waren, hätte ich mich nur mit einem herumzuschlagen, dem Überlebenden.

Aber das vogelähnliche Ding lieferte dem anderen einen tapferen Kampf und verteilte heftige Hiebe mit einem dreißig Zentimeter langen Schnabel. Und außerdem sah ich, was an den Enden dieser schwarzen Arme war!« Jarvis schauderte. »Aber das auslösende Moment war, daß ich eine kleine schwarze Tasche vom Hals des Vogeldinges hängen sah! Es war intelligent! Intelligent oder zahm, dachte ich. Jedenfalls kam ich zu einem Entschluß. Ich zog meine

Pistole und feuerte auf das, was ich von seinem Gegner sehen konnte.

Es gab ein Durcheinander von herumwedelnden Tentakeln und das schwarze Zeug spritzte herum, und dann zog das Ding sich selbst und seine Arme mit widerlich schmatzenden Geräuschen in ein Erdloch. Das andere Ding stieß ein Gekakel aus, wankte auf seinen Steckenbeinen herum und wandte sich plötzlich mir zu. Ich hielt meine Automatik schußbereit, und wir zwei starrten einander an.

Der Marsbewohner war eigentlich kein Vogel. Er war nicht mal vogelähnlich, außer auf den ersten Blick. Er hatte zwar einen Schnabel und ein paar federbesetzte Anhängsel, aber der Schnabel war in Wirklichkeit keiner. Er war flexibel; ich konnte sehen, wie die Spitze sich langsam von einer Seite zur anderen bewegte; es war wie eine Kreuzung zwischen einem Schnabel und einem Rüssel. Das Ding hatte vierzehige Füße und vierfingrige — Hände, muß man wohl sagen, und einen kleinen rundlichen Körper, auf dem ein langer Hals mit einem winzigen Kopf saß. Und der Kopf endete natürlich in diesem Schnabel. Es war ein paar Zentimeter größer als ich, und — nun, Putz hat es gesehen!«

Der Ingenieur nickte. »Ja! Ich sah es!«

»Also — wir starrten einander an«, fuhr Jarvis fort. »Schließlich gab die Kreatur eine Serie von schnalzenden und zwitschernden Lauten von sich und hielt mir ihre leeren Hände entgegen. Ich nahm das für eine Geste der Freundschaft.«

»Vielleicht«, meinte Harrison, »sah das Ding deine Nase und hielt dich für seinen Bruder.«

»Du kannst auch witzig sein, ohne was zu sagen! Ich steckte die Pistole ein und murmelte etwas wie ›Nicht der Rede wert‹ oder so, und das Ding kam auf mich zu, und wir waren Kumpel.

Inzwischen war die Sonne untergegangen, und ich wußte, daß ich in meinen Schlafsack kriechen oder Feuer machen mußte. Ich suchte mir eine Stelle am Fuß der Plateauklippen, wo die Felsen etwas von der Wärme reflektieren konnten. Ich fing an, ausgetrocknete Stücke von der Marsvegetation zu sammeln, und mein Gefährte begriff die Idee und brachte einen Armvoll. Dann holte ich Zündhölzer aus der Tasche, aber der andere fischte in seinem Beutel und brachte etwas zum Vorschein, das wie eine glühende Kohle aussah; eine Berührung damit, und das Feuer brannte — und ihr wißt alle, wieviel Mühe es uns kostet, in dieser Atmosphäre ein Feuer in Gang zu bringen!

Und dann dieser Beutel«, fuhr der Erzähler fort. »Das war Fabrikarbeit, meine Freunde, keine selbstgebastelte Sache. Drückte man ein Ende, sprang er sofort auf; drückte man die Mitte, versiegelte es sich so perfekt, daß man die Linie nicht erkennen konnte. Viel besser als ein Reißverschluß.

Nun, wir schauten ins Feuer, und nach einer Weile beschloß ich, eine Art Kommunikation mit dem Marsbewohner zu versuchen. Ich zeigte auf mich und sagte ›Dick‹; er kapierte sofort, streckte mir eine knochige Klaue hin und wiederholte ›Tick‹. Dann zeigte ich auf ihn, und er gab dieses Geräusch von sich, das ich Tweel genannt habe; ich kann seinen Akzent nicht imitieren. Die Verständigung klappte; um die Namen zu betonen, wiederholte ich ›Dick‹, zeigte dann auf ihn und sagte ›Tweel‹.

Und da saßen wir fest! Er schnatterte etwas, das sich negativ anhörte, und sagte etwas wie ›P-p-p-root‹. Und das war nur der Anfang. Ich war immer ›Tick‹, aber was ihn anging — eine Weile war er P-p-p-root und dann wieder sechzehn andere Geräusche!

Wir kamen einfach nicht klar. Ich versuchte es mit ›Stein‹ und ›Stern‹ und ›Feuer‹ und Gott weiß mit was sonst noch, aber soviel Mühe ich mir auch gab, ich konnte keinen einzigen Begriff klären! Nichts war zwei Minuten lang dasselbe, und wenn das eine Sprache ist, bin ich ein Alchimist! Zuletzt gab ich es auf und nannte ihn nur noch Tweel, und das schien ihm recht zu sein.

Aber Tweel hielt an einigen meiner Worte fest. Er hatte ein paar von ihnen behalten, und das muß eine große Leistung für einen sein, der eine Sprache gewohnt ist, die man sich immer wieder neu zusammenstellen muß. Bloß ich kam mit seinem Gerede nicht klar; entweder entging mir irgendein feiner Zusammenhang, oder wir dachten einfach verschieden — und ich glaube eher das letztere.

Ich habe noch andere Gründe, das zu glauben. Nach einer Weile gab ich die Sprachforschung auf und versuchte es mit Rechnen. Ich kratzte zwei und zwei ist vier in die Erde und demonstrierte es mit Steinen. Wieder verstand Tweel die Idee und informierte mich, daß drei und drei sechs sind. Wieder schienen wir einen guten Schritt weiterzukommen.

Da ich nun wußte, daß Tweel wenigstens die Volksschule besucht haben mußte, zog ich erst einen Kreis für die Sonne, zeigte darauf und dann auf das Abendrot. Dann fügte ich der Zeichnung Merkur, Venus, Mutter Erde und Mars hinzu, zeigte auf Mars und machte eine weite, alles einschließende Geste, um anzuzeigen, daß Mars unsere gegenwärtige Umgebung sei. Ich wollte ihm auf diese Weise allmählich klarmachen, daß meine eigentliche Heimat die Erde sei.

Tweel verstand meine Zeichnung sofort. Er beugte seinen Schnabel darüber, und mit viel Gegluckse und Getriller fügte er dem Mars Phobos und Deimos hinzu, und dann zeichnete er den Erdmond ein!

Seht ihr, was das beweist? Es beweist, daß Tweels Rasse Fernrohre benützt — daß sie zivilisiert ist!«

»Tut es nicht!« widersprach Harrison. »Der Mond ist von hier als Stern fünfter Größe sichtbar. Sie können seine Umläufe mit bloßem Auge verfolgen.«

»Den Mond, ja!« sagte Jarvis. »Du hast mein Argument nicht verstanden. Merkur ist nicht sichtbar! Und Tweel wußte von Merkur, denn er zeichnete den Mond zum dritten Planeten, nicht zum zweiten. Wenn er Merkur nicht gekannt hätte, hätte er die Erde als zweiten und Mars als dritten Planeten angesehen, nicht als vierten! Siehst du?«

»Humphh!« machte Harrison.

»Ich fuhr mit meiner Erklärung fort«, erzählte Jarvis. »Alles ging glatt, und ich dachte, er würde die Idee verstehen. Ich zeigte auf die gezeichnete Erde in meinem Diagramm, dann auf mich selbst, und dann, um die Sache zu bekräftigen, zeigte ich wieder auf mich und dann auf die Erde, die hell und bläulich hoch im Westhimmel stand.

Tweel fing ein so aufgeregtes Geschnatter und Gegacker an, daß ich sicher war, er habe mich verstanden. Er sprang auf und nieder, und plötzlich zeigte er auf sich selbst und dann auf den Himmel. Er deutete auf seinen Leib und dann auf Arktur, auf seinen Kopf und dann auf Spika, auf seine Füße und dann auf ein halbes Dutzend Sterne, während ich ihn bloß angaffte. Dann machte er ganz plötzlich einen gewaltigen Sprung. Mann, was für ein Satz! Er schoß direkt hoch zu den Sternen, bestimmt fünfundzwanzig Meter! Ich sah seine Silhouette gegen den Himmel, sah ihn umkehren und mit dem Kopf voran auf mich herunterkommen und wie ein Speer auf seinem Schnabel landen — bums! Da steckte er, genau in der Mitte des Sonnenkreises, den ich in den Sand gezeichnet hatte — ein Volltreffer!«

»Quatsch!« bemerkte der Expeditionsleiter. »Völlig verrückt!«

»Genau das dachte ich auch! Ich starrte ihn an und hatte den Mund offen, während er seinen Kopf aus der Erde zog und aufstand. Dann dachte ich, er hätte meine Darlegung nicht kapiert, und fing mit der ganzen Erklärung von vorn an. Die Sache endete wie zuvor, mit Tweel auf seiner Nase mitten in meinem Bild!«

»Vielleicht ist es ein religiöser Ritus«, meinte Harrison.

»Vielleicht«, sagte Jarvis zweifelnd. »Nun, da waren wir. Wir konnten bis zu einem bestimmten Punkt Gedanken austauschen, und dann — aus! Etwas in uns war verschieden, ohne Verwandtschaft; ich glaube, daß Tweel mich für genau so verdreht hielt wie ich ihn. Wir sahen die Welt einfach von verschiedenen Gesichtspunkten aus an, und vielleicht ist sein Gesichtspunkt genau so wahr wie der unsrige. Jedenfalls konnten wir nicht zusammenkommen, das ist alles. Und doch, trotz aller Schwierigkeiten, mir gefiel dieser Bursche, und ich habe eine komische Gewißheit, daß Tweel auch an mir Gefallen fand.«

»Quatsch!« wiederholte Harrison. »Einfach idiotisch!«

»Ja? Warte ab. Ein paarmal habe ich gedacht, daß vielleicht wir...« Er hielt inne, um dann seine Erzählung fortzusetzen. »Wie auch immer, ich gab es schließlich auf, kroch in meinen Schlafsack und stellte die Heizung an. Das Feuer hatte mich nicht warmhalten können, aber der verdammte Schlafsack schaffte es. Zehn Minuten, nachdem ich mich eingeschlossen hatte, wurde es so heiß, daß ich ihn ein bißchen öffnete, um frische Luft zu kriegen. Ich schlief dann ein, und als ich mitten in der Nacht aufwachte, war meine Nase völlig ohne Gefühl. So kam ich zu dieser angenehmen kleinen Frostbeule.

Was Tweel von meinem Schlaf dachte, weiß ich nicht. Als ich zwischendurch aufwachte, saß er herum, aber am Morgen war er weg. Ich war gerade aus dem Schlafsack gekrochen und legte ihn zusammen, da hörte ich plötzlich ein Gezwitscher, und schon kam Tweel von der Klippe heruntergesegelt und landete neben mir auf seinem Schnabel. Ich zeigte auf mich und nach Norden, und er zeigte auf sich und nach Süden, aber als ich aufgepackt hatte und losmarschierte, kam er mit.

Mann, wie er reiste! Fünfzig Meter mit einem Satz! Er segelte durch die Luft, ausgestreckt wie ein Speer, und landete auf seinem Schnabel. Mein Dahinstapfen schien ihn zu überraschen, aber nach einer Weile kam er an meine Seite und paßte sich meinem Tempo an. Nur alle paar Minuten machte er plötzlich einen von seinen Sätzen und steckte seine Nase einen Block vor mir in den Sand; dann kam er zurückgeschossen. Zuerst machte es mich nervös, diesen Schnabel wie einen Speer auf mich zusausen zu sehen, aber er endete immer im Sand an meiner Seite.

So bewegten wir zwei uns übers Mare Chronium. Genauso eine Gegend wie diese hier — die gleichen verrückten Pflanzen und kleinen grünen Biopodien, die im Sand wuchsen oder einem aus dem Weg krabbelten. Wir redeten — nicht, daß wir einander verstanden hätten, wißt ihr, aber nur so zur Gesellschaft. Ich sang Lieder, und ich vermute, Tweel tat es auch; manchmal schien sein Gezwitscher und Getriller eine Art Rhythmus zu haben.

Dann und wann stellte Tweel zur Abwechslung seine erlernten Worte zur Schau. Er zeigte auf einen Felsen und sagte ›Stein‹, dann zeigte er auf einen Kiesel und sagte es wieder; oder er berührte meinen Arm und sagte ›Tick‹, was er dann wiederholte. Es schien ihn ungeheuer zu amüsieren, daß dasselbe Wort zweimal hintereinander dasselbe bedeutete, oder daß ein und dasselbe Wort auf zwei verschiedene Objekte angewendet werden konnte. Ich begann mich zu fragen, ob seine Sprache nicht vielleicht wie die primitiven Sprachen einiger Menschenstämme sei — ihr wißt, daß die Negritos auf den Philippinen und den Andamanen, zum Beispiel, keine Gattungsbezeichnungen haben. Kein Wort für Essen oder Wasser oder Menschen, nur Worte für gutes Essen und schlechtes Essen, für Süßwasser und Salzwasser oder für eine starken Mann und einen schwachen Mann, aber keine Namen für allgemeine Kategorien. Sie sind zu primitiv, um zu verstehen, daß Regenwasser und Seewasser nur verschiedene Aspekte derselben Sache darstellen. Aber das war bei Tweel nicht der Fall; es war einfach, daß wir auf irgendeine geheimnisvolle Weise verschieden waren — unsere Denkweisen waren einander fremd. Und doch — wir mochten uns!«

»Bescheuert, das ist alles«, bemerkte Harrison. »Deshalb habt ihr zwei euch so gern gehabt.«

»Nun, ich habe dich auch gern!« konterte Jarvis boshaft. »Wie dem auch sei«, resümierte er, »denkt bloß nicht, daß an Tweel irgendwas verdreht gewesen sei. Ich bin gar nicht mal so sicher, daß er unserem hochgepriesenen menschlichen Intellekt nicht noch das eine oder das andere hätte beibringen können. Oh, er war kein geistiger Riese, glaube ich; aber überseht nicht die Tatsache, daß er es fertigbrachte, ein wenig von meinem geistigen Funktionieren zu verstehen, während ich von seinem nie auch nur den Schimmer einer Ahnung hatte.«

»Weil er keinen Verstand hatte!« sagte der Expeditionsleiter, und Putz und Leroy zwinkerten Jarvis zu.

»Darüber kannst du urteilen, wenn ich fertig bin«, erwiderte Jarvis. »Nun, wir marschierten den ganzen Tag über das Mare Chronium, und auch den ganzen nächsten Tag. Mare Chronium — Meer der Zeit! Ich kann euch sagen, am Ende dieses Marsches war ich bereit, Schiaparelli zu dieser Namengebung zu beglückwünschen! Nur diese graugrüne, endlose Ebene mit ihren seltsamen und unheimlichen Pflanzen, und niemals ein Zeichen irgendeines anderen Lebens. Es war so monoton, daß ich am Morgen des dritten Tages sogar froh war, den Rand der Wüste Xanthus zu erblicken.

Mittlerweile war ich ziemlich erschöpft, aber Tweel schien so frisch wie eh und je, dabei sah ich ihn niemals trinken oder essen. Ich glaube, mit diesen langen Sätzen hätte er das Mare Chronium in ein paar Stunden hinter sich bringen können, aber er blieb bei mir. Einmal oder zweimal bot ich ihm Wasser an; er nahm mir die Blechtasse aus der Hand und sog die Flüssigkeit in seinen Schnabel, und dann spritzte er sie vorsichtig in die Tasse zurück und überreichte sie mir feierlich.

Gerade als wir Xanthus sichteten, oder vielmehr die Klippen, die die Grenze bildeten, blies der Wind uns eine von diesen ekelhaften Sandwolken entgegen, nicht so schlimm wie der Staubsturm, den wir hier hatten, aber unangenehm genug, wenn man sie gegen sich hat und marschieren muß. Ich zog die transparente Klappe meines Schlafsackes über mein Gesicht und kam ganz gut durch, aber dann sah ich zu meinem Erstaunen, daß Tweel welche von diesen gefiederten Anhängseln, die wie ein Schnurrbart um die Basis seines Schnabels wuchsen, zum Bedecken seiner Nasenlöcher benutzte. Mit einem ähnlichen Flaum schützte er seine Augen.«

»Er ist ein Wüstenlebewesen!« rief Leroy, der Biologe.

»Hah? Warum?«

»Er trinkt kein Wasser — er kann sich Sandstürmen anpassen ...«

»Das beweist noch nichts! Es gibt nirgendwo auf diesem ausgetrockneten Planeten Wasser im Überfluß. Wir würden bei uns auf der Erde alles Wüste nennen, was es hier gibt.« Er schwieg eine Weile, um dann fortzufahren: »Nachdem der Sandsturm vorbei war, hatten wir weiterhin Gegenwind, doch er war nicht stark genug, um den Sand zu bewegen. Aber plötzlich kamen mit dem Wind sonderbare Dinge von den Xanthus-Klippen herabgetrieben — kleine durchsichtige Kugeln wie gläserne Tennisbälle! Aber leicht, so leicht, daß sie sich sogar in dieser dünnen Luft fast schwebend halten konnten. Und auch leer; ich fing ein paar und schlug sie auf, und es kam außer einem schlechten Geruch nichts heraus. Ich fragte Tweel nach diesen Dingern, aber er sagte nur ›Nein, nein, nein‹, woraus ich entnahm, daß er nichts über sie wußte. So flogen und kollerten diese Dinger wie Seifenblasen oder durchsichtige Christbaumkugeln an uns vorbei, und wir stapften weiter auf die Wüste Xanthus zu. Einmal zeigte Tweel auf eine der Kugeln und sagte ›Stein‹, aber ich war zu müde, um mit ihm zu argumentieren. Später entdeckte ich, was er meinte.

Wir kamen endlich an den Fuß der ziemlich hohen Klippen, als der Tag schon zu Ende ging. Ich beschloß, nach Möglichkeit oben auf dem Plateau zu übernachten; irgendwelche gefährliche Wesen, so kalkulierte ich, würden wahrscheinlicher in der Vegetation des Mare Chronium herumschleichen, statt im Wüstensand des Xanthus-Plateaus. Nicht, daß ich auch nur ein einziges bedrohliches Zeichen gesehen hätte. Da war nur dieses seilarmige schwarze Ding, das Tweel gepackt hatte, und das schlich anscheinend überhaupt nicht herum, sondern lockte seine Opfer an, bis sie in Reichweite waren. Es konnte mich nicht anlokken, während ich schlief, um so weniger als Tweel nie zu schlafen schien und die ganze Nacht geduldig herumsaß. Ich fragte mich, wie die Kreatur es fertiggebracht haben mochte, Tweel anzulocken, aber es gab keine Möglichkeit, ihn danach zu fragen. Auch das erfuhr ich später; es ist teuflisch!

Wir bummelten also am Fuß der Klippen entlang und suchten nach einem Aufstieg. Das galt wenigstens für mich. Tweel hätte mit zwei Sprüngen bequem oben sein können — die Abstürze waren etwa sechzig Meter hoch — aber er blieb aus Solidarität bei mir. Ich fand eine Schuttrinne und fing an, hinaufzusteigen, und plötzlich hörte ich ein Geräusch, das mir vertraut vorkam!

Ihr wißt, wie täuschend Geräusche in dieser dünnen Luft sind. Ein Schuß klingt wie das Entkorken einer Flasche. Aber dieses Geräusch war das Dröhnen eines Düsentriebwerks, und richtig, wie ich hinaufschaue, sehe ich unsere zweite Bordmaschine ungefähr zehn Kilometer westlich, zwischen mir und dem Sonnenuntergang!«

»Das war ich!« sagte Putz. »Ich suchte dich.«

»Ja; das war mir sofort klar, aber was nützte es mir? Ich stand da in der Schuttrinne und schrie und winkte mit beiden Händen. Tweel sah es auch und fing an zu trillern und zu zwitschern, sprang die Klippe hinauf und dann hoch in die Luft. Und während ich zusah, dröhnte die Maschine in südlicher Richtung davon und verschwand im grauen Dunst des Mare Chronium.

Ich krabbelte zum Klippenrand empor, so schnell ich konnte. Tweel zeigte und trillerte immer noch in höchster Aufregung, schoß zum Himmel hinauf und kam zurück, um kopfüber mit dem Schnabel im Sand zu landen. Ich zeigte nach Süden, wo die Maschine verschwunden war, und dann auf mich, und Tweel sagte ›Ja, ja, ja‹; aber irgendwie hatte ich den Eindruck, daß er das fliegende Ding für einen Verwandten von mir hielt, wahrscheinlich Vater oder Mutter. Vielleicht tat ich seiner Intelligenz damit Unrecht; ich glaube es jetzt.

Ich war bitter enttäuscht und niedergeschlagen. Ich zog meinen Schlafsack heraus und kroch hinein, weil die Nachtkälte bereits fühlbar wurde. Tweel steckte seinen Schnabel in den Sand, faltete seine Arme und Beine und sah auf einmal wie einer dieser blattlosen Büsche dort draußen aus. Ich glaube, so verharrte er die ganze Nacht.«

»Mimikry!« rief Leroy. »Siehst du? Er ist ein Wüstenbewohner!«

»Am Morgen«, nahm Jarvis den Faden wieder auf, »machten wir uns von neuem auf den Weg. Wir waren noch keine fünf Kilometer in die Xanthus-Wüste eingedrungen, als ich etwas sehr Merkwürdiges sah! Eine Sache, die Putz nicht fotografiert hat, möchte ich wetten!

Da war eine Reihe kleiner Pyramiden vor uns — winzig klein waren sie, nicht höher als fünfzig oder sechzig Zentimeter — und diese Reihe zog sich über die Wüste hin, so weit ich sehen konnte! Kleine Pyramidenbauwerke aus Pygmäen-Ziegeln, innen hohl und abgeschnitten oder aufgebrochen, denn man konnte von oben hineinsehen, und sie waren leer. Ich zeigte auf diese Bauwerke und fragte ›Was?‹, aber Tweel machte ein negatives Gezwitscher, womit er anscheinend zu verstehen geben wollte, daß er es nicht wisse. Und so wanderten wir die Reihe der Pyramiden entlang, weil sie nach Norden verlief und das meine Richtung war.

Stundenlang stapfte ich an dieser Reihe vorbei! Und mit der Zeit bemerkte ich noch etwas sehr Seltsames: Die Pyramiden wurden größer. Jede hatte die gleiche Zahl von Ziegeln, aber die Ziegel waren größer.

Gegen Mittag waren sie schulterhoch. Ich schaute in verschiedene hinein: alle ziemlich gleich, oben aufgebrochen und leer. Ich untersuchte auch das Baumaterial; die Steine waren silikatartig. Verkieselt und alt wie die Schöpfung selber!«

»Woher weißt du das?« fragte Leroy.

»Erstens die Tatsache, daß sie verkieselt waren. Und zweitens waren sie verwittert, die Kanten rundgeschliffen. Silikatgesteine verwittern nicht mal auf der Erde leicht, und in diesem trockenen Klima ...«

»Wie alt schätzt du sie?«

»Fünfzigtausend — hunderttausend Jahre. Wie soll ich es wissen? Die kleinen, die wir am Morgen gesehen hatten, waren älter, vielleicht zehnmal so alt. Sie waren am Zerfallen. Wie alt mochten die gewesen sein? Eine halbe Million — eine Million Jahre? Noch älter? Wer kann es sagen?«

Jarvis schwieg einen Moment, dann sagte er: »Nun, wir folgten der Reihe. Tweel deutete ein paarmal hin und sagte ›Stein‹, aber das hatte er schon oft getan.

Ich versuchte ihn zu befragen. Ich zeigte auf eine Pyramide und fragte ›Leute?‹ und zeigte auf ihn und mich. Er antwortete mit einem negativ klingenden Gekakel und sagte: ›Nein, nein, nein. Nicht eins-eins-zwei. Nicht zwei-zwei-vier‹, während er zugleich seinen Bauch rieb. Ich starrte ihn verständnislos an, und er wiederholte das Ganze. ›Nicht eins-eins-zwei. Nicht zwei-zwei-vier‹. Ich glotzte ihn bloß an.«

»Das beweist es!« erklärte Harrison. »Verrückt!«

»Meinst du?« fragte Jarvis sardonisch grinsend. »Nun, ich habe es mir anders überlegt! ›Nicht eins-eins-zwei!‹ Das kapierst du natürlich nicht, oder?«

»Natürlich nicht — und du auch nicht!«

»Ich glaube, doch! Tweel benützte die wenigen Worte, die er von mir gelernt hatte, um mir eine sehr komplexe Idee klarzumachen. ›Nicht eins-eins-zwei!‹ Tweel erklärte mir damit, daß die Pyramidenerbauer keine intelligenten Lebewesen waren, daß sie keinen Verstand hatten und nicht eins und eins zusammenzählen konnten! Verstehst du?«

»Ah! Ich will verdammt sein!«

»Das wirst du wahrscheinlich.«

»Warum«, warf Leroy ein, »rieb er sich dabei den Bauch?«

»Warum? Weil, mein lieber Biologe, das der Ort ist, wo er sein Gehirn hat! Nicht in seinem winzigen Kopf — in der Mitte!«

»C'est impossible!«

»Nicht hier! Diese Flora und Fauna ist nicht irdisch; das

beweisen schon deine Biopodien!« Jarvis grinste und nahm seine Erzählung auf. »Wir stapften also durch die Wüste von Xanthus, und am Nachmittag passierte wieder etwas Seltsames. Die Pyramidenreihe endete.«

»Endete!«

»Ja, das Komische daran war, daß die letzte Pyramide — und jetzt waren sie drei Meter hoch — eine Spitze hatte! Versteht ihr? Wer immer sie gebaut hatte, war noch drinnen. Wir waren diesen Pyramidenerbauern von ihrem Millionen Jahre zurückliegenden Ursprung bis in die Gegenwart gefolgt.

Tweel und ich bemerkten es ungefähr gleichzeitig. Ich riß meine Automatik heraus (ich hatte Boland-Explosivkugeln im Magazin), und Tweel holte schnell wie ein Taschenspieler einen komischen kleinen Glasrevolver aus seinem Beutel. Jedenfalls sah das Ding wie einer aus, nur war der Griff größer und seinen vier Fingerklauen angepaßt. Und wir hielten unsere Waffen bereit, als wir die Reihe der leeren Pyramiden entlang schlichen, der letzten zu.

Tweel sah die Bewegung zuerst. Die oberste Ziegellage hob sich, wurde durch Stöße und Erschütterungen bewegt und rutschte auf einmal mit dünnem Gepolter an den Seiten herunter. Und dann kam etwas heraus!

Ein langer, silbriggrauer Arm erschien und zog einen gepanzerten Körper nach. Mit Schuppen gepanzert, meine ich, auch sie silbergrau und matt schimmernd. Der Arm wuchtete den Körper aus der Öffnung; das Monstrum krachte in den Sand.

Es war ein schwer zu beschreibendes Wesen — mit einem Körper wie ein großes Faß, einem Arm und einer Art Mundöffnung an einem Ende; am anderen Ende war etwas wie ein steifer, spitzer Schwanz. Und das war alles. Keine anderen Glieder, keine Augen, Ohren, Nase — nichts! Das Ding schleppte sich ein paar Meter, schob seinen zugespitzten Schwanz in den Sand, richtete sich auf und saß da.

Tweel und ich beobachteten es eine gute halbe Stunde lang, bevor es sich bewegte. Dann bewegte sich sein Arm mit einem Knistern und Rascheln wie von zerknittertem Papier zur Mundöffnung, und heraus kam ein Ziegelstein! Der Arm legte den Stein sorgfältig auf den Boden, und das Ding saß wieder still.

Ich wollte der Sache auf den Grund gehen und wartete weiter. Ich benützte die Ruhepause zu einem Imbiß. Eine Stunde verging. Ich war schon beim Einpacken und wollte weiter, da kam ein neuer Ziegelstein. Dieses Ding war so eine Art Maurer der Natur. Tweel zeigte darauf und sagte ›Stein!‹ Ich fragte ›Was?‹ und er sagte ›Nein — nein —‹ und tat zwei oder drei pfeifende Atemzüge.

Nun verstand ich, was er meinte, kein Wunder! Ich fragte: ›Kein Atem?‹ und demonstrierte das Wort. Tweel wurde ganz ekstatisch. ›Ja, ja, ja! Kein Atem, nein, nein!‹ Dann machte er einen Satz und segelte los, um einen Schritt vor dem Ungetüm auf dem Schnabel zu landen!

Ich war erschrocken, könnt ihr euch vorstellen! Ich erwartete, der Arm werde zupacken und Tweel zerquetschen, aber nichts geschah! Tweel schlug auf die Kreatur ein und sagte ›Stein‹, und der andere saß da und brütete einen neuen Stein aus. Ich faßte Mut und ging hin, um mich selber zu überzeugen.

Tweel hatte wieder recht. Diese Kreatur war tatsächlich aus Stein, und sie atmete nicht.«

»Woher weißt du das?« fragte Leroy.

»Weil ich Chemiker bin. Das Biest war aus Silikat gemacht! Im Sand muß es reine Kieselsäure geben, und davon ernährt sich das Ding. Versteht ihr? Wir und Tweel und diese Pflanzen und Biopodien da draußen sind Lebewesen auf Kohlenstoffbasis; dieses Ding lebt von anderen chemischen Reaktionen: Es ist kieselsaures Leben!«

»La vie silicieuse!« rief Leroy. »Ich hatte einen Verdacht, und nun ist er bewiesen! Ich muß hin! Ich muß es sehen! Il faut que je ...«

»Schon gut, schon gut«, sagte Jarvis beschwichtigend. »Du kannst hin, wenn du willst. Aber um meine Geschichte weiterzuerzählen: Da war das Ding, lebendig und doch nicht lebendig, bewegte sich alle Stunde einmal, und auch dann nur, um einen Ziegelstein zu legen! Diese Steine müssen sein Abfallprodukt sein, Ergebnis seines Stoffwechsels. Es schichtet seine Abfälle um sich auf, und wenn es sich eingemauert hat, bewegt es sich ein Stück weiter und fängt von vorn an. Kein Wunder, daß es knisterte und knackte! Ein lebendes Wesen, eine halbe oder eine Million Jahre alt!«

»Woher weißt du das Alter?«

»Wir hatten seine Pyramiden von Anfang an verfolgt, nicht wahr? Wenn dies nicht der ursprüngliche Pyramidenerbauer gewesen wäre, hätte die Reihe irgendwo geendet, bevor wir ihn gefunden hätten — geendet und mit den kleinen wieder angefangen. Das ist einfach genug zu verstehen, nicht?

Aber es reproduziert sich auch, oder versucht es. Zwischen dem zweiten und dem dritten Ziegel gab es ein Rascheln, und heraus kam ein ganzer Strom von diesen kleinen, durchsichtigen Hohlkugeln — wie Seifenblasen. Es sind seine Sporen oder Eier oder Samen, wie man es nennen will. Sie hüpften und kollerten im Wind über die Wüste fort, wie sie uns vorher im Mare Chronium begegnet waren. Ich habe mir auch überlegt, wie sie arbeiten — dies zu deiner Information, Leroy. Die klare Hülle kann nicht mehr als ein Schutz sein, etwa wie eine Eierschale. Ich glaube, daß das aktive Prinzip der Geruch innen ist; daß es sich um ein Gas handelt, das mit Kieselsäure reagiert. Und wenn die Hülle in der Nähe einer Lagerstätte dieses Elements zerbricht, erfolgt wahrscheinlich eine Reaktion, die zuletzt zur Entwicklung eines solchen Biests führt.«

»Wir sollten es versuchen!« rief der kleine Franzose entflammt. »Wir müssen solche Hohlkugeln beschaffen, um die Reaktion zu untersuchen!«

»Meinst du? Ich habe ein paar im Sand zertreten. Vielleicht kommen wir zwei in ungefähr zehntausend Jahren zurück und sehen nach, ob ich ein paar Pyramidenungeheuer gepflanzt habe? Bis dahin werden wir wahrscheinlich schon was sehen.« Jarvis hielt inne und atmete tief ein. »Mein Gott, dieses seltsame Wesen! Könnt ihr euch das vorstellen? Blind, taub, nervenlos, gehirnlos — nur ein Mechanismus, und doch — unsterblich! Dazu bestimmt, Ziegel zu machen und Pyramiden zu bauen, so lange es Kieselsäure und Sauerstoff gibt; und auch danach wird es nicht einfach aufhören. Wenn die Zufälle einer Million Jahre ihm seine Nahrung wiederbringen, wird es bereit sein, von neuem anzufangen und weiterzumachen, wo es aufgehört hat, während Gehirne und Zivilisation längst der Vergangenheit angehören. Ein absonderliches Biest — doch ich bin einem noch seltsameren begegnet!«

»Wenn du das bist, muß es in deinen Träumen gewesen sein«, brummte Harrison.

»Du hast recht«, erwiderte Jarvis nüchtern. »In einer Weise hast du recht. Die Traum-Bestie. Das ist der passendste Name dafür — und es ist die teuflischste, schrecklichste Kreatur, die man sich vorstellen kann! Gefährlicher und heimtückischer als ... als der Mensch!«

»Höchst interessant!« erklärte Leroy. »Das muß ich sehen!«

»Lieber nicht«, sagte Jarvis. »Nun, Tweel und ich verließen den Pyramidenerbauer und marschierten weiter durch Xanthus. Ich war müde, und Tweels Getriller ging mir auf die Nerven, also stapfte ich wortlos dahin, eine Stunde nach der anderen.

Gegen Mitte des Nachmittags kam am Horizont eine dunkle Linie in Sicht. Ich wußte, daß es ein Kanal war; ich hatte ihn überflogen. Es bedeutete, daß wir ungefähr ein Viertel der Strecke durch Xanthus hinter uns hatten. Nicht gerade ein ermutigender Gedanke, aber immerhin hatte ich meinen Marschplan bisher eingehalten.

Wir kamen dem Kanal allmählich näher; ich erinnerte mich, daß er von einem breiten Streifen Vegetation gesäumt war und daß diese Lehmhaufenstadt an seinen Ufern lag.

Wie ich sagte, ich war müde. Ich dachte an eine gute, warme Mahlzeit, und von da sprangen meine Gedanken zu der Überlegung weiter, wie gemütlich und heimatlich selbst Borneo nach diesem verrückten Planeten erscheinen würde, und dann dachte ich an unser altes New York und an ein Mädchen, das ich dort kenne — Fancy Long. Kennt ihr sie?«

»Woher sollen wir sie kennen?« fragte Harrison. »War das vielleicht die Brünette, die dich zum Startplatz begleitet hat?«

»Genau«, sagte Jarvis. »Ich — also, ich kenne sie recht gut, und weil ich mich einsam fühlte und in Gedanken schon in New York war, mußte ich auch an sie denken, und unterdessen näherten wir uns der Vegetationsgrenze mit ihrem gummiartigen Pflanzenbewuchs.

Und dann blieb ich stehen und starrte. ›Was zum Henker ist das?‹ fragte ich mich. Ich blinzelte und zwinkerte — aber da stand Fancy Long; stand unter einem dieser verrückten Bäume, lächelte und winkte, genau wie ich sie von unserer Abreise in Erinnerung hatte!«

»Jetzt hat es dich auch erwischt!« brummte Harrison. »So ein Blödsinn!«

»Junge, ich dachte es auch! Ich starrte hin und zwickte mich und schloß die Augen und sah wieder hin — und jedesmal stand da Fancy Long und lächelte und winkte! Tweel sah auch etwas; er trillerte und gluckste und krächzte in einem fort, aber ich hörte ihn kaum. Ich lief über den Sand auf sie zu, zu verblüfft, mir selbst irgendwelche Fragen vorzulegen.

Ich war keine zehn Meter mehr von ihr entfernt, als Tweel mich mit einem seiner fliegenden Sprünge einholte. Er packte meinen Arm und schrie in seiner quietschenden Stimme: ›Nein, nein, nein!‹ Ich versuchte ihn abzuschütteln — er war so leicht, wie wenn er aus Bambus gebaut wäre —, aber er hielt mit seinen Klauen fest und schrie. Und endlich kehrte wieder etwas wie Vernunft bei mir ein, und ich blieb knapp drei Meter vor ihr stehen. Und da stand sie vor mir und sah so greifbar und solide aus wie Putz' Kopf!«

»Was?« sagte der Ingenieur.

»Sie lächelte und winkte und winkte und lächelte, und ich stand dumm wie ein Ochse da, während Tweel quietschte und plapperte. Ich wußte, daß sie nicht wirklich sein konnte — aber da war sie!

Endlich sagte ich: ›Fancy, Fancy Long! Was machst du hier?‹ Sie sagte nichts und winkte und lächelte weiter, und das kam mir nun aus der Nähe ziemlich eigenartig vor, aber sie sah so lebendig und real aus wie — nun, wie ein Mädchen aus drei Metern Entfernung aussieht.

Tweel hatte seine gläserne Waffe draußen und zielte auf sie. Ich ergriff seinen Arm, aber er versuchte mich wegzustoßen. Er zielte auf sie und sagte: ›Kein Atem, kein Atem!‹, und ich verstand, daß er meinte, diese Fancy Long sei nicht lebendig. Mann, mir wirbelte der Kopf!

Trotzdem entnervte es mich, ihn mit der Waffe auf das Mädchen zielen zu sehen. Ich weiß nicht, warum ich dastand und ihn gewähren ließ, aber ich tat es. Dann drückte er den Griff seiner Waffe; es gab ein Zischen und eine kleine Dampfwolke, und Fancy Long war weg! Und an ihrer Stelle war eins von diesen zuckenden, sich ringelnden, schwarzen, seilarmigen Ungeheuern, ganz genau wie das, vor dem ich Tweel gerettet hatte!

Die Traum-Bestie! Ich stand benommen da und sah sie sterben, während Tweel trillerte und pfiff. Zuletzt berührte er meinen Arm, zeigte auf das zuckende, verknäulte Ding und sagte: ›Du eins-eins-zwei, er eins-eins-zwei.‹ Nachdem er es viermal oder fünfmal wiederholt hatte, begriff ich. Könnt ihr es euch denken?«

»Qui, mon cher«, sagte Leroy überlegen. »Moi — je le comprends! Er meinte, wenn du an etwas denkst, weiß die Bestie es, und du siehst es. Ein hungriger Hund würde den großen Fleischknochen sehen. Oder riechen — stimmt's?«

»Genau«, sagte Jarvis. »Die Traum-Bestie benützt die Sehnsüchte und das Verlangen ihrer Opfer, um sie in die Falle zu locken. Der Vogel in der Balz würde seinen Partner sehen, der Fuchs ein hilfloses Kaninchen!«

»Wie kann sie das machen?« überlegte Leroy.

Jarvis zog die Schultern hoch. »Keine Ahnung. Es ist mir selbst ein Rätsel. Wie bringt die Schlange bei uns auf Erden es fertig, daß ein Vogel oder ein Kaninchen wie gelähmt dasitzt, bis sie sie verschlingen kann? Und gibt es nicht Tiefseefische, die ihre Opfer mit Lichtsignalen in ihre Mäuler locken?« Jarvis schauderte. »Welch ein heimtückisches Ungeheuer! Wir sind jetzt gewarnt — aber in Zukunft können wir nicht mal unseren eigenen Augen trauen. Ihr könntet mich sehen, und ich könnte einen von euch sehen — und dahinter lauert unter Umständen nichts als solch ein schwarzes Schreckensding!«

»Wie hat dein Freund es erkannt?« fragte Harrison.

»Tweel? Das frage ich mich auch. Vielleicht kann die Traum-Bestie nur eine einzige Vision projizieren, und Tweel sah, was ich sah — oder nichts. Ich konnte ihn nicht fragen. Aber es ist wieder ein Beweis, daß seine Intelligenz der unseren gleich oder sogar überlegen ist.«

»Er ist einfältig und närrisch«, sagte Harrison. »Wie kommst du auf die Idee, seine Intelligenz sei der unseren gleich?«

»Aus vielerlei Gründen! Zuerst die Sache mit dem Pyramidenerbauer. Tweel hatte noch nie einen gesehen, das gab er mir zu verstehen. Doch er erkannte ihn als einen lebend-toten Automaten aus Silikat.«

»Er konnte davon gehört haben«, wandte Harrison ein. »Er wohnt hier in der Gegend, weißt du?«

»Nun, und die Sprache? Ich habe noch heute keine Ahnung von seiner, und er lernte sechs oder sieben Wörter von der meinigen. Und hast du dir klargemacht, welche komplizierten Zusammenhänge er mir mit diesen sechs oder sieben Wörtern erklärt hat? Der Pyramiden-Roboter; die Traum-Bestie. In einem einzigen Satz sagte er mir, daß der eine ein harmloser Halbmechanismus sei, der andere aber ein mörderischer Hypnotiseur. Was sagst du dazu?«

»Hmm«, meinte der Expeditionsleiter.

»Siehst du? Hättest du es mit einem Wortschatz von nur sechs Wörtern gekonnt? Und könntest du noch weitergehen, wie Tweel es getan hat, und mir plausibel machen, daß es eine weitere Kreatur gibt, deren Intelligenz von unserer so unterschieden ist, daß jedes Verstehen unmöglich ist — noch unmöglicher als das zwischen Tweel und mir?«

»Wie? Was war das?«

»Später. Worauf ich hinauswill ist, daß Tweel und seine Rassegenossen unsere Freundschaft verdienen. Irgendwo auf dem Mars — und du wirst finden, daß ich recht habe — ist eine Zivilisation und Kultur, die den Vergleich mit unserer aushält, vielleicht mehr als das. Und die Verständigung zwischen ihren Trägern und uns ist möglich; Tweel beweist das. Es mag Jahre geduldiger Bemühungen kosten, denn ihr Verstand ist fremdartig, aber weniger fremdartig als der Verstand einiger anderer, denen wir begegneten — wenn man es Verstand nennen kann.«

»Anderer? Welche anderen meinst du?«

»Die Bewohner der Schlammstädte entlang den Kanälen.« Jarvis runzelte die Brauen, dann nahm er seine Erzählung wieder auf.

»Nach den beiden letzten Erlebnissen hatte ich geglaubt, die seltsamsten Wesen zu kennen, die man sich vorstellen kann, aber ich irrte. Diese Wesen sind noch fremdartiger, noch unverständlicher. Und sie sind bei weitem schwieriger zu begreifen als zum Beispiel Tweel, mit dem Freundschaft möglich ist und sogar der Austausch von Gedanken und Ideen, wenn man sich geduldig darauf konzentriert.

Wir ließen die Traum-Bestie sterbend bei ihrem Bau zurück und wanderten weiter. Vor uns breitete sich ein Teppich von diesem seltsamen beweglichen Gras aus, das eilig aus unserem Weg krabbelte, und als wir schließlich das Ufer des Kanals erreichten, sah ich unten ein lehmiges Rinnsal fließen. Die Stadt aus hügeligen Lehmhaufen, die ich von der Maschine aus bemerkt hatte, war zwei Kilometer östlich, und ich war neugierig genug, um den Abstecher zu machen.

Von oben hatte sie absolut verlassen ausgesehen, und wenn trotzdem irgendwelche Bewohner darin lauerten —

nun, Tweel und ich waren beide bewaffnet. Übrigens war Tweels Glasrevolver ein höchst interessantes Gerät; ich hatte es mir nach dem Erlebnis mit der Traum-Bestie angesehen. Es verfeuerte kleine Glassplitter, vergiftete, nehme ich an. Mindestens hundert davon mußten im Magazin gewesen sein. Der Treibsatz war Dampf — gewöhnlicher Wasserdampf!«

»Dampf!« echote Putz. »Wie hat er den erzeugt?«

»Man konnte das Wasser durch den transparenten Griff sehen, und dazu noch eine andere Flüssigkeit, dick und gelblich. Wenn Tweel den Griff drückte — einen Abzug gab es nicht — wurden ein paar Tropfen Wasser und ein Tropfen von dem gelben Zeug in die Brennkammer gespritzt, und das Wasser verdampfte explosionsartig — pop! Das ist nicht zu schwierig zu verstehen; ich glaube, wir könnten dasselbe Prinzip verwenden. Konzentrierte Schwefelsäure erhitzt Wasser fast bis zum Siedepunkt. Genauso ist es mit ungelöschtem Kalk. Oder Natrium, Kalium und so weiter.

Natürlich hatte seine Waffe nicht die Reichweite meiner Pistole, aber in dieser dünnen Luft ist sie durchaus genügend. Und wirksam. Ich probierte sie aus und zielte auf eine der verrückten Pflanzen, und ich kann euch sagen, die Pflanze war in fünfzehn Sekunden verwelkt und auseinandergefallen! Darum glaube ich, daß die Glassplitter vergiftet waren.

Wir trotteten also auf die Schlammhaufenstadt zu, und ich fing an zu grübeln, ob diese Stadterbauer vielleicht die Kanäle angelegt haben mochten. Ich zeigte zur Stadt und dann auf den Kanal, und Tweel sagte ›Nein-nein-nein!‹ und gestikulierte nach Süden. Ich entnahm daraus, daß eine andere Rasse das Kanalsystem angelegt hat, vielleicht Tweels Leute. Ich weiß es nicht; möglicherweise gibt es noch eine weitere intelligente Rasse auf dem Planeten, oder ein Dutzend weiterer. Mars ist eine sonderbare kleine Welt.

Hundert Schritte vor den ersten Lehmhaufen kreuzten wir eine Art Straße. Es war lediglich ein Trampelpfad durch den Lehm, aber eben und festgestampft wie Beton. Und dann, ehe ich es richtig merkte, kam einer der Bewohner daher!

Ein phantastisches Wesen! Es sah eher wie ein Faß auf vier Beinen aus, mit vier weiteren Gliedmaßen, die Arme oder Tentakel waren. Es hatte keinen Kopf, nur Körper und Gliedmaßen und eine Reihe von Augen ringsum. Das obere Ende des faßförmigen Körpers war eine Membrane und gespannt wie ein Trommelfell, und das war auch schon alles. Es trottete recht schnell daher und schob einen kleinen, kupfernen Karren. Uns schien es überhaupt nicht zu bemerken, obwohl ich mir einbildete, daß die Augen auf meiner Seite im Vorbeilaufen einen Moment auf mich fixiert blieben.

Gleich darauf kam ein anderer Bewohner daher, und auch er schob einen leeren Kupferkarren. Auch er sauste an uns vorbei. Nun, ich wollte mich nicht von Fässern ignorieren lassen, die Eisenbahn spielten, und als das dritte kam, pflanzte ich mich mitten auf den Weg — natürlich so, daß ich sofort wegspringen konnte, wenn das Ding nicht haltmachte.

Aber es hielt. Es blieb stehen, und aus der Kopfmembrane kam ein dröhnendes Geräusch. Und ich hielt beide Hände hoch und sagte: ›Wir sind Freunde!‹ Und was, glaubt ihr, tat das Ding darauf?«

»Ich wette, es sagte: ›Freut mich, Sie kennenzulernen‹«, meinte Harrison.

»Ich hätte nicht verblüffter sein können, wenn es das gesagt hätte! Es dröhnte aus seiner Membrane, und dann brüllte es plötzlich: ›Wir sind Frrreinde!‹ und gab seinem Karren einen heftigen Stoß, daß er auf mich zusauste! Ich sprang beiseite, und es eilte weiter, während ich stumpfsinnig hinterdreinäugte.

Eine halbe Minute später kam wieder ein Ding vorüber. Dieses machte nicht halt, sondern dröhnte einfach: ›Wir sind Frrreinde!‹ und trottete weiter. Wie hatte es den Satz gelernt? Waren alle diese Wesen in ständiger Kommunikation miteinander? Waren sie Teile irgendeines zentralen Organismus? Ich weiß es nicht, aber ich glaube, daß Tweel es wußte.

Wie auch immer, die Kreaturen hasteten an uns vorbei, und jede begrüßte uns mit derselben Erklärung. Es war richtig komisch; ich hätte nie gedacht, auf diesem gottverlassenen Himmelsball so viele Freunde zu finden. Endlich machte ich zu Tweel gewandt eine verblüffte Gebärde; er schien mich zu verstehen, denn er sagte: ›Eins-eins-zwei, ja! Zwei-zwei-vier, nein!‹ Kapiert ihr das?«

»Klar«, sagte Harrison. »Das ist ein alter marsianischer Kinderreim.«

»Ja! Nun, ich hatte mich allmählich an Tweels Symbolismus gewöhnt und erklärte es mir so: ›Eins-eins-zwei, ja!‹ Die Kreaturen waren intelligent. ›Zwei-zwei-vier, nein!‹ Ihre Intelligenz war nicht von unserer Art, sondern etwas Verschiedenes und jenseits der Logik von zwei plus zwei gleich vier. Vielleicht mißverstand ich ihn. Möglicherweise meinte er, ihr Verstand sei primitiv, gerade imstande, einfache Dinge wie eins und eins gleich zwei auszuknobeln, aber keine schwierigeren Sachen. Aber nach dem, was wir später sahen, glaube ich, daß er das andere meinte.

Nach einigen Minuten kamen die Kreaturen zurückgeeilt — wieder einer hinter dem anderen. Ihre Karren waren mit Steinen, Lehm, Sand und Pflanzenresten gefüllt. Sie dröhnten ihre freundlichen Begrüßungen heraus, die nicht gar so freundlich klangen, und liefen vorbei. Der dritte in der Reihe mußte derjenige sein, dessen Bekanntschaft ich bereits gemacht hatte, und ich beschloß, ein neues Gespräch anzuknüpfen. Ich stellte mich auf den Weg und wartete.

Er kam heran, dröhnte sein ›Wir sind Frrreinde!‹ und hielt an. Ich sah ihn an; vier oder fünf von seinen Augen sahen mich an. Er wiederholte die Parole und gab seinem Karren einen Stoß, aber ich wich nicht von der Stelle. Und dann streckte das verdammte Ding ganz schnell einen seiner Arme vor, und zwei pinzettenartige Finger kniffen in meine Nase!«

»Hah!« brüllte Harrison. »Vielleicht haben die Dinger ein Gefühl für Schönheit!«

»Lacht nur«, brummte Jarvis. »Ich hatte bereits eine böse Prellung und Frostbeulen an der Nase! Ich schrie ›Au!‹ und sprang weg, und der andere sauste mit seinem Karren weiter; aber von da an war ihre Begrüßung: ›Wir sind Frrreinde! Au!‹ Seltsame Wesen!

Tweel und ich folgten dem Weg bis zum nächsten Hügel. Die Bewohner kamen und gingen, nahmen nicht die geringste Notiz von uns, während sie ihre Dreckfuhren holten. Der Weg führte einfach in eine Öffnung und ging dann mit leichtem Gefälle abwärts, wie ein alter Bergwerksstollen, und die Faß-Leute sausten hinein und heraus und begrüßten uns mit ihrer ewigen Phrase.

Ich spähte hinein; irgendwo weiter unten war ein Licht, und das machte mich neugierig. Es sah nicht wie eine Flamme oder Fackel aus, versteht ihr, sondern mehr wie eine technisch fortgeschrittene Beleuchtung, und ich dachte, ich könnte daraus Hinweise auf den Entwicklungsstand dieser Wesen gewinnen. Also ging ich hinein, und Tweel folgte mir, allerdings nicht ohne einiges Geschnatter und Gezwitscher.

Das Licht war in der Tat komisch; es spuckte und zuckte grellweiß wie eine alte Kohlenbogenlampe, aber es kam aus einer einzelnen schwarzen Stange, die in die Wand des Stollens eingelassen war. Es war ohne Zweifel elektrisches Licht. Die Faß-Leute waren anscheinend recht zivilisiert.

Dann sah ich ein anderes Licht auf etwas scheinen, das in Reflexen glitzerte, und ging hin, um mir die Sache anzusehen, aber es war nur ein Haufen glitzernder Sand — Glimmer oder Quarz, wie ich dachte. Ich drehte um und wollte wieder hinaus, und der Teufel soll mich holen, wenn der Eingang nicht auf einmal verschwunden war!

Ich dachte, der Stollen hätte einen Bogen gemacht, oder ich sei unversehens in einen Seitenstollen geraten, und ich ging in die Richtung, aus der wir nach meinem Gefühl gekommen waren, aber ich sah nur Stollengänge, in Abständen von diesen strahlenden Lichtern erhellt. Der Ort war ein Labyrinth! Nichts als Stollen, die hierhin und dorthin führten, einander kreuzten, sich gabelten oder vereinten. Dann und wann rannte einer der Einheimischen vorbei, manchmal mit einem Karren, manchmal ohne.

Nun, zuerst machte ich mir nicht viele Sorgen. Tweel und ich hatten uns kaum zwanzig Schritte vom Eingang entfernt. Aber jede Bewegung, die wir danach machten, schien uns tiefer hineinzubringen. Ich versuchte, einer der Kreaturen zu folgen, die einen leeren Karren schoben, weil ich dachte, sie werde aus diesem Dreckhaufen ins Freie gehen, aber sie rannte ziellos herum, in einen Stollen hinein und aus dem anderen heraus, und als sie anfing, immer um einen Pfeiler herumzulaufen, gab ich es auf, nahm meinen Wassertank vom Rücken und setzte mich darauf.

Tweel war genauso hilflos wie ich. Ich zeigte nach oben, und er sagte: ›Nein, nein, nein!‹ und blieb resigniert neben mir stehen. Und von den Einheimischen konnten wir keine Hilfe bekommen. Zwar versicherten sie uns bei jeder Begegnung, daß wir Freunde seien, aber sonst kümmerten sie sich überhaupt nicht um uns.

Ich weiß nicht, wie viele Stunden oder Tage wir da herumwanderten! Zweimal schlief ich aus purer Erschöpfung ein; Tweel schien niemals Schlaf zu brauchen. Wir versuchten nur den aufwärtsführenden Stollen zu folgen, aber nach einer Strecke mit leichter Steigung ging es regelmäßig wieder abwärts. Die Temperatur in diesem verdammten Hügel war konstant; man konnte Tag und Nacht nicht unterscheiden, und nach meinem ersten Schlaf wußte ich nicht, ob ich eine Stunde oder dreizehn geschlafen hatte, und ich konnte von meiner Uhr nicht ablesen, ob Mitternacht oder Mittag war.

Wir sahen viele seltsame Dinge. In einigen Stollen liefen Maschinen, aber sie schienen überhaupt nichts zu tun — nur Räder, die sich drehten. Und mehrmals sah ich zwei Faß-Leute mit einem Kleinen zwischen sich, fest mit beiden verbunden. Von einem häuslichen Leben in irgendeiner

Form sah ich nichts; ständig sausten sie mit ihren Karren herum, schafften Abfälle hierhin und dorthin oder liefen einfach durch die Stollen. Und endlich entdeckte ich, was sie mit dem Unrat machten.

Bei einem Stollen hatten wir etwas Glück, wie es schien, weil er stetig aufwärts führte. Ich hatte das Gefühl, daß wir nahe an der Oberfläche sein mußten, als der Stollen plötzlich in eine kuppelförmige Kammer mündete, die einzige, die wir bisher gesehen hatten. Und Mann! — mir war direkt zum Tanzen zumute, als ich durch eine Spalte in der Kuppel etwas wie Tageslicht sah!

In der Kammer stand eine Maschine, die hauptsächlich aus einem enormen Rad bestand, das sich langsam drehte. Einer der Faß-Leute war eben im Begriff, den Inhalt seines Karrens unter das Rad zu kippen. Das Rad mahlte das Zeug knirschend — Sand, Steine, Lehm, Pflanzenteile — zu einem Pulver, das irgendwo nach unten abgeleitet wurde. Während wir uns die Sache ansahen, kamen nacheinander andere herein, kippten ihre Karren unter das Rad aus, und das schien alles zu sein. Das Ganze konnte wenig Sinn haben — aber das ist charakteristisch für diesen verrückten Planeten. Und dann erlebte ich noch etwas, das war fast zu bizarr, um es zu glauben.

Einer der Faß-Leute, nachdem er seinen Karren ausgeleert hatte, stieß das Ding beiseite und schob sich völlig ruhig selber unter das Rad! Ich sah, wie er zerquetscht und zermahlen wurde, aber ich war zu verdattert, um ein Geräusch zu machen. Und einen Moment später folgte ihm ein zweiter! Sie waren dabei ganz methodisch; einer der karrenlosen Faß-Leute nahm den verlassenen Karren und zog damit ab.

Tweel schien nicht überrascht zu sein; ich machte ihn mit Gesten auf den nächsten Selbstmord aufmerksam, und er antwortete mit einer ziemlich menschenähnlichen Gebärde, als wollte er sagen: ›Was kann ich daran ändern?‹ Er muß einiges über diese Kreaturen gewußt haben.

Dann sah ich etwas anderes. Es war hinter dem Rad auf

einem niedrigen Sockel, etwas Leuchtendes. Ich ging hin und sah einen Kristall von der Größe eines Hühnereies. Er fluoreszierte, wie ich es noch nie gesehen hatte. Der Schein davon traf meine Hände und mein Gesicht beinahe wie eine statische Entladung. Und dann bemerkte ich eine weitere komische Sache. Erinnert ihr euch an diese Warze, die ich an meinem linken Daumen hatte? Seht ihn euch an!« Jarvis streckte ihnen seine Hand hin. »Sie trocknete ein und fiel ab — einfach so! Und meine mitgenommene Nase — die Schmerzen verschwanden daraus wie durch Zauberei! Der Kristall hatte die Eigenschaften harter Röntgen- oder Gammastrahlen, nur verstärkt: Er zerstörte krankes Gewebe und ließ gesundes Gewebe unbeschädigt!

Ich dachte gerade, was für ein Geschenk das wäre, wenn ich ihn zur Mutter Erde zurückbrächte, als ein Mordslärm entstand. Wir stürzten zur anderen Seite des Rades zurück und sahen, wie einer der kupfernen Schubkarren zermahlen wurde. Wie es schien, hatte jemand seinen Selbstmord unachtsam inszeniert.

Auf einmal dröhnten und trommelten die Faß-Leute überall um uns her, und ihr Lärm war unzweifelhaft bedrohlich. Eine Menge von ihnen ging gegen uns vor. Wir zogen uns in einen Stollen zurück, den ich für denjenigen hielt, durch den wir hereingekommen waren, und die Faß-Leute kamen hinterher gerumpelt, einige mit Karren, andere ohne. Verrückte Biester! Sie dröhnten im Chor: ›Wir sind Frrreinde! Au!‹ und das ›Au!‹ gewann in dieser Lage eine wenig schöne unmittelbare Bedeutung für mich.

Tweel hatte seine Glaswaffe gezogen, und ich entledigte mich um der größeren Beweglichkeit willen meines Wassertanks und zog meine Pistole. Wir gingen rückwärts durch den Stollen, und ungefähr zwanzig Faß-Leute folgten uns. Komisch war, daß diejenigen, die mit beladenen Karren hereinkamen, sich ohne ein Zeichen von Feindseligkeit nur wenige Zentimeter entfernt an uns vorbeidrückten.

Tweel mußte das bemerkt haben. Plötzlich zog er seinen wie eine glühende Kohle aussehenden Zigarrenanzünder aus seinem Beutel und berührte eine Karrenladung mit Pflanzenteilen. Im Nu brannte die ganze Ladung — aber der verrückte Karrenschieber marschierte weiter, ohne den Schritt zu verändern. Unter unseren ›Frrreinden‹ löste das Feuer doch eine Beunruhigung aus. Auf einmal sah ich die Rauchwolken an uns vorbeiwehen und abziehen, und tatsächlich, zwanzig oder dreißig Schritte hinter uns war der Eingang!

Ich packte Tweel, und wir rasten hinaus, und hinter uns die zwanzig Verfolger. Das Tageslicht war ein Geschenk des Himmels, obwohl ich mit einem Blick sah, daß die Sonne fast am Horizont war — eine sehr schlechte Zeit, denn außerhalb meines Thermo-Schlafsacks konnte ich eine Marsnacht nicht überleben — wenigstens nicht ohne ein Feuer. Und die Faß-Leute sahen nicht mehr so aus, als ob sie mich ruhig schlafen lassen würden.

Die Situation verschlechterte sich rasch. Einer kam mit einem Schubkarren heraus, und alle langten hinein und nahmen ganze Bündel fußlanger, scharf aussehender Kupferpfeile heraus.

Nicht lange, und der erste zischte um Haaresbreite an meinem Ohr vorbei. Und dann hieß es kämpfen oder sterben!

Eine Weile hielten wir uns recht gut. Wir schossen eine Anzahl von ihnen ab und konnten uns den Rest so weit vom Leib halten, daß nicht allzu viele Pfeile kamen, aber nach kurzer Zeit erzitterte die dünne Luft unter dem donnernden Ruf: ›Wir sind Frrreinde! Au!‹, und eine ganze Armee von Faß-Leuten krabbelte und strömte aus dem Stollen und über die Lehmhaufen.

Sie hatten uns zwischen zwei von diesen Haufen in die Enge getrieben, und wir konnten weder vor noch zurück. Mann! Wir waren am Ende, und ich wußte es! Dann wurde mir klar, daß Tweel sich retten konnte: Er hätte den Lehmhaufen hinter uns einfach überspringen können. Er blieb mir zuliebe!

Ich kann euch sagen, ich hätte vor Rührung geweint,

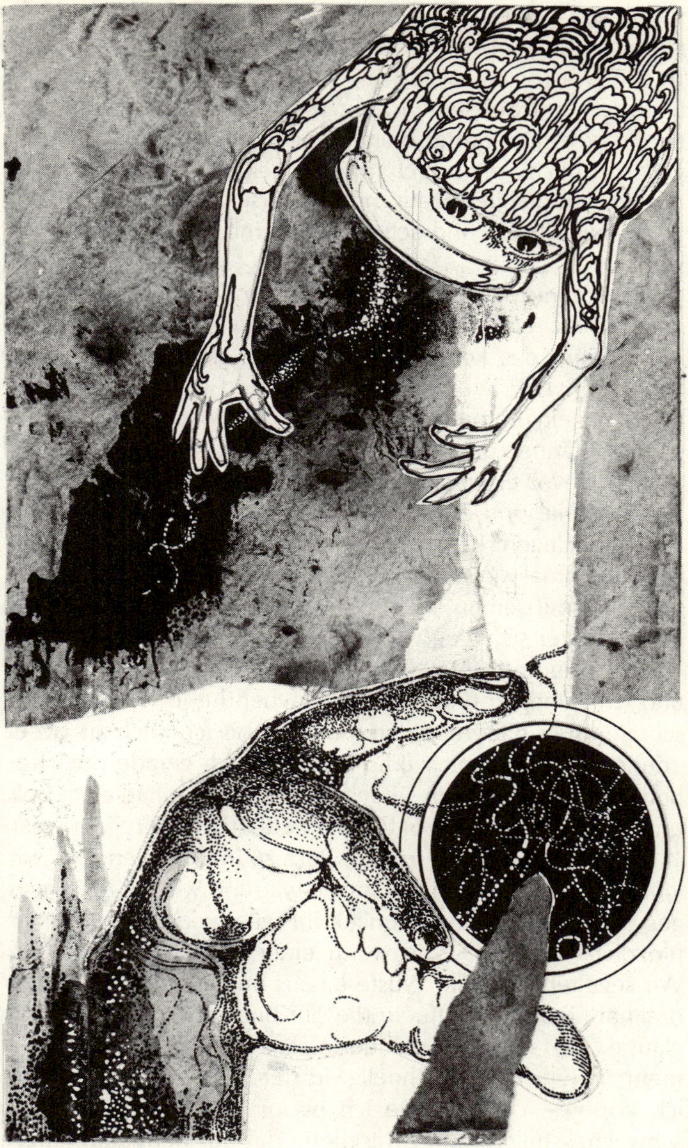

wenn Zeit gewesen wäre! Ich hatte Tweel von Anfang an gemocht, aber ob ich soviel Dankbarkeit aufgebracht hätte, zu tun, was er tat, weiß ich wirklich nicht! Möglicherweise hatte ich ihm bei seinem Kampf mit der Traum-Bestie das Leben gerettet — aber beim zweitenmal hatte er genausoviel für mich getan. Ich packte seinen Arm und sagte ›Tweel‹ und zeigte hinauf, und er verstand. Er sagte: ›Nein, nein, nein, Tick!‹ und schoß weiter mit seinem Glasrevolver.

Was konnte ich tun? Wenn die Sonne untergehen und die Nachtkälte einsetzen würde, wäre ich sowieso ein toter Mann, aber das konnte ich ihm nicht erklären. Ich sagte: ›Danke, Tweel. Du bist ein Mann!‹ und fühlte dabei, daß ich ihm kein Kompliment machte. Ein Mann! Es gibt nur wenige Männer, die sich wie er verhalten hätten.

Mein Revolver krachte, und Tweels puffte, und die Fässer warfen Pfeile und machten sich bereit, uns im Sturmangriff zu überwältigen. Ich hatte die Hoffnung aufgegeben. Dann fiel auf einmal ein Engel in Gestalt von Karl Putz vom Himmel, und mit seinen Stütztriebwerken pustete er die Fässer einfach unter sich weg!

Ich schrie und stürzte zur Maschine; Putz öffnete die Tür, und ich sprang kopfüber hinein, lachend und weinend und schreiend! Es dauerte einen Moment, bis ich mich an Tweel erinnerte. Als ich mich umsah, konnte ich gerade noch sehen, wie er im Bogen über einen der Lehmhaufen schoß und mit dem nächsten Satz schon außerhalb der Stadt war.

Ich hatte es höllisch schwer, Putz zu überzeugen, daß wir ihm folgen mußten. Bis es soweit war und wir die Maschine gestartet hatten, war es dunkel. Ihr wißt, wie die Nacht hier plötzlich kommt — wie wenn einer das Licht abschaltet. Wir segelten über die Wüste hinaus und gingen zwei- oder dreimal nieder. Ich öffnete die Tür und schrie: ›Tweel!‹ Ich glaube, ich schrie es hundertmal. Wir konnten ihn nicht mehr finden. Er war schnell wie der Wind, und alles, was ich hörte — oder bildete ich es mir nur ein? — war ein schwaches Trillern und Zwitschern, das aus dem Süden herauftrieb. Er war fort, und verdammt, ich wünschte, er wäre da!«

Die vier Männer der *Ares* schwiegen — sogar der sardonische Harrison. Endlich brach Leroy das Schweigen.

»Ich würde das alles gern sehen«, murmelte er.

»Ja«, pflichtete ihm Harrison bei. »Und die Warzenkur. Zu dumm, daß dir das entgangen ist; es könnte das Krebsheilmittel sein, nach dem die Wissenschaft seit eineinhalb Jahrhunderten sucht.«

»Ach, das!« murmelte Jarvis schwermütig. »Das ist es, was den Kampf auslöste!« Er zog ein glänzendes Objekt aus seiner Tasche.

»Hier ist es.«

Copyright © 1934 by Wonder Stories

Die letzte Anpassung

Dr. Daniel Scott, die dunklen, blitzenden Augen erhellt vom Feuer des Enthusiasmus, machte eine Pause und blickte über die Stadt hinaus, oder den Teil der Stadt, der durch die Bürofenster Dr. Hermann Bachs im Grand Mercy Hospital sichtbar war. Es blieb eine Weile still; der alte Mann lächelte nachsichtig.

»Erzählen Sie weiter, Scott«, sagte er. »So kamen Sie auf den Gedanken, daß die Gesundung von einer Krankheit oder Verletzung nur eine Form der Anpassung sei. Und dann — was?«

»Dann«, sagte der andere, »begann ich mich nach dem anpassungsfähigsten lebenden Organismus umzusehen. Und welche sind das? Insekten, natürlich. Schneidet man einen Flügel ab, wächst er nach. Schneidet man einen Kopf ab und setzt ihn an den kopflosen Körper eines anderen Insekts der gleichen Gattung, wächst er an. Und welches ist das Geheimnis ihrer großen Anpassungsfähigkeit?«

Dr. Bach zuckte mit der Schulter. »Was ist es?«

Scott war plötzlich verdrießlich. »Ich bin nicht sicher«, murmelte er. »Es ist eine Sache der Drüsen, natürlich. Hormone steuern es.« Seine Miene hellte sich wieder auf. »Aber ich komme ab. Ich suchte also nach dem anpassungsfähigsten Insekt. Und welches ist das?«

»Ameisen?« schlug Dr. Bach vor. »Bienen? Termiten?«

»Nein! Sie sind die am höchsten entwickelten, nicht die anpassungsfähigsten Insekten. Nein; es gibt ein Insekt, das dafür bekannt ist, daß es einen höheren Prozentsatz von Mutationen hervorbringt als irgendein anderes. Dr. Morgan verwendete es für seine Experimente über die Wirkung von Röntgenbestrahlung auf die Erbanlagen — die Fruchtfliege, die ordinäre Fruchtfliege. Erinnern Sie sich? Sie haben rötliche Augen, aber nach länger andauernder Röntgenbestrahlung produzierten sie weißäugige Nachkommen. Und das war eine echte Mutation, weil die weißen Augen sich weitervererbten! Erworbene Eigenschaften seien nicht erblich, hieß es immer, aber die weißen Augen waren es. Darum ...«

»Ich weiß«, unterbrach Dr. Bach.

»Ich verwendete also Fruchtfliegen«, faßte Scott zusammen. »Ich ließ ihre Körper in Fäulnis übergehen, injizierte den gewonnenen Extrakt einer Kuh und bekam nach wochenlanger Klärung mit Eiweiß, nach Verdampfung im Vakuum und nach verschiedenen Reinigungsprozessen ein Serum. Die technischen Einzelheiten werden Sie hier nicht interessieren. Jedenfalls — ich probierte das Serum an tuberkulösen Meerschweinchen aus. Und es heilte! Sie paßten sich dem Tuberkelbazillus an. Dann versuchte ich es mit einem tollwütigen Hund. Er gesundete! Als nächstes kam eine Katze mit gebrochener Wirbelsäule an die Reihe. Sie wurde gesund. Und nun bitte ich Sie um die Gelegenheit, mein Serum an einem menschlichen Patienten auszuprobieren.«

Dr. Bach furchte die Stirn. »Viel zu früh«, sagte er dann. »Sie sind zwei Jahre zu früh, Doktor Scott. Vervollständigen Sie Ihre Experimentierreihen. Versuchen Sie das Serum an Anthropoiden. Dann versuchen Sie es an sich selbst. Ich kann kein Menschenleben für ein Experiment riskieren, das so ungesichert ist wie dieses.«

»Richtig, aber ich selbst habe nichts, das einer Heilung bedürfte, und was einen Menschenaffen angeht, so müßten die Mittel für den Ankauf bewilligt werden. Ich habe es versucht, vergebens. Vielleicht können Sie mehr erreichen.«

»Stellen Sie einen Antrag bei der Stoneman-Stiftung.«

»Dann würden sie alles Verdienst beanspruchen, und unser Krankenhaus wäre um den möglichen Ruhm einer wichtigen Neuentdeckung gebracht. Hören Sie, Doktor Bach, ich bitte nur um eine Gelegenheit — einen Pflegefall, einen Wohlfahrtsfall, irgend etwas.«

»Auch Wohlfahrtsempfänger sind Menschen.« Der alte Mann betrachtete mißmutig seine Hände. »Passen Sie auf, Doktor Scott. Ich sollte Ihnen nicht einmal dieses Angebot machen, weil es gegen alle medizinische Ethik verstößt, aber wenn ich einen hoffnungslosen Fall finde — völlig hoffnungslos, damit wir uns recht verstehen —, und der Patient selbst gibt seine Zustimmung, dann werde ich es machen. Und das ist mein letztes Wort.«

Scott ächzte. »So einen Fall muß man erst einmal finden. Solange der Patient bei Bewußtsein ist, glaubt man, es sei noch Hoffnung, und wenn er nicht mehr bei Bewußtsein ist, wie kann er seine Zustimmung geben? Damit ist die Sache entschieden!«

Doch sie war es nicht. Weniger als eine Woche später blickte Scott plötzlich von seiner Arbeit auf, als die Sprechanlage in seinem kleinen Labor zum Leben erwachte. »Doktor Scott!« kratzte sie. »Doktor Scott bitte ins Chefbüro!«

Er notierte rasch ein paar Zahlen seiner letzten Maßanalyse und eilte hinaus. Der alte Mann schritt nervös auf und ab, als Scott eintrat.

»Ich habe Ihren Fall, Scott«, stieß er hervor. »Es ist gegen alle Ethik — und doch, ich wüßte nicht, was Sie hier noch schaden könnten. Aber beeilen wir uns. Kommen Sie — Isolierstation.«

Sie eilten. In dem winzigen, rechteckigen Raum angelangt, starrte Scott entsetzt auf die lakenbedeckte Gestalt, von der nur das reglose Gesicht zu sehen war. »Ein Mädchen!« murmelte er.

Sie konnte nie anders als unscheinbar und armselig gewesen sein, aber wie sie dalag, die fahle Blässe des Todes bereits auf den Zügen, hatte sie einen Ausdruck düsterer Würde. Ihr dunkles, ziemlich kurzgehaltenes Haar war ungekämmt und strähnig, ihre Züge unattraktiv. Ihre Augen waren geschlossen, und wäre nicht ihr schwaches, rasselndes Atmen gewesen, hätte man sie bereits für tot halten können.

»Betrachten Sie dies als einen Versuch?« fragte Scott, unangenehm berührt. »Sie ist so gut wie tot.«

Dr. Bach nickte. »Tuberkulose«, sagte er. »Endstadium. Sie hatte mehrere Blutstürze. Eine Frage von Stunden.«

Das Mädchen hustete; Blutflecken erschienen auf ihren bläulichen Lippen. Sie öffnete halb leblose, wässerig blaue Augen.

»So!« sagte Bach mit erzwungener Munterkeit. »Sind wir wach, wie? Dies ist Doktor Scott. Und dies —« Er spähte auf die Karte am Fußende des Bettes — »ist Miß Kyra Zelas. Doktor Scott hat ein Serum, Miß Zelas. Ich sagte Ihnen bereits, daß es wahrscheinlich keine durchgreifende Besserung bewirken wird, aber ich kann mir nicht denken, daß es — äh — zum gegenwärtigen Zeitpunkt ein Risiko bedeutet. Sind Sie einverstanden?«

Sie sprach mit schwacher, gurgelnder Stimme. »Klar, mit mir ist es sowieso vorbei. Machen Sie nur.«

»In Ordnung. Haben Sie die Spritze vorbereitet, Scott?« Bach nahm die Glasröhre mit dem wasserhellen Serum und schraubte eine Injektionsnadel auf. »Eine bestimmte Stelle? Nein? Intravenös, selbstverständlich.« Er bohrte die Nadel in den Arm des Mädchens. Scott bemerkte, daß sie nicht einmal zuckte. Sie lag apathisch und mit geschlossenen Augen, während dreißig Kubikzentimeter Flüssigkeit in ihren Blutkreislauf eingeführt wurden.

»Kommen Sie!« befahl Bach mit barscher Stimme. Sie gingen auf den Gang hinaus. Bach schloß die Tür. »Ich will verdammt sein, wenn mir das gefällt! Ich komme mir vor wie ein — ein Leichenfledderer.«

Am folgenden Tag schien er jedoch seine Skrupel überwunden zu haben. »Dieser Fall Zelas ist immer noch am Leben«, meldete er Scott. »Wenn ich es wagte, meinen Augen zu trauen, würde ich sagen, daß ihr Zustand sich ein wenig gebessert hat. Aber es kann natürlich auch eine Täuschung sein. Ich würde den Fall immer noch für hoffnungslos halten.«

Wieder einen Tag später, als Scott ihm im Büro gegenübersaß, bemerkte er einen etwas verwirrten Ausdruck in Dr. Bachs alten grauen Augen. »Es geht ihr besser«, murmelte Bach. »Keine Frage. Aber bewahren Sie einen kühlen Kopf, Scott. Solche Wunder sind früher schon passiert, und ohne Serum. Warten Sie, bis wir sie längere Zeit beobachtet haben.«

Am Ende der Woche wurde offenbar, daß die Beobachtungszeit nicht allzu lang währen würde. Kyra Zelas gedieh unter ihren Augen wie ein schnellwachsendes tropisches Unkraut. Zwar verlor sie die Blässe nicht, aber die Schatten unter ihren Augen waren fast vergangen, ihr Gesicht wirkte voller, ihr Blick lebhafter.

»Die Flecken auf ihren Lungen gehen zurück«, sagte Bach. »Sie hustet nicht mehr, und ihr Abstrich ist frei von Tuberkelbazillen. Aber das Seltsamste ist die Art und Weise, wie sie auf Punkturen reagiert. Gestern nahm ich eine Blutprobe für einen Wassermanntest, und — das klingt völlig verrückt, und ich kann mir keinen Reim darauf machen — die Punktur schloß sich, als ich noch keinen Kubikzentimeter hatte! Schloß sich und heilte! Als ich hinausging, war nichts mehr zu sehen!«

Und wieder eine Woche später: »Scott, ich sehe keinen Grund, warum wir die Zelas weiterhin hierbehalten sollten. Sie ist gesund. Aber ich möchte sie natürlich so unterbringen, daß wir sie unter Beobachtung halten können. Da ist etwas Mysteriöses an Ihrem Serum. Und außerdem möchte ich sie nicht gern in das Leben entlassen, das sie vor ihrer Einlieferung geführt hat.«

»Was machte sie?«

»Nähte Mützen im Stücklohn. Für einen von diesen Ausbeutern. Ich glaube, fünfundzwanzig Cents bezahlte der. Wenn sie überhaupt arbeiten konnte, schaffte sie zwei bis drei Stück in der Stunde, sagt sie. Ein unscheinbares, häßliches Mädchen ohne jede Erziehung oder Ausbildung, aber sie tut mir leid, und es ist etwas Ansprechendes an ihr. Sie paßt sich rasch an.«

Scott gab ihm einen seltsamen Blick. »Ja«, sagte er, »sie paßt sich rasch an.«

»Mir kam ein Gedanke«, sagte Bach. »Ich dachte, sie könnte einstweilen in meinem Haushalt bleiben. Sehen Sie, dort hätten wir sie unter Beobachtung, und sie könnte der Haushälterin helfen. Der Fall interessiert mich — interessiert mich ungemein. Ich glaube, ich werde ihr das Angebot machen.«

Scott war anwesend, als Dr. Bach seinen Vorschlag machte. Kyra Zelas lächelte. »Gern«, sagte sie, und ihr einfaches, blasses Gesicht leuchtete auf. »Danke.«

Bach gab ihr die Adresse. »Ich werde Mrs. Getz anrufen und sie verständigen. Sie wird Sie einlassen. Aber tun Sie heute nachmittag noch nichts. Überhaupt, es würde Ihnen nicht schaden, wenn Sie ein paar Stunden im Park spazierengingen.«

Scott schaute ihr nach, als sie durch den Krankenhauskorridor zum Aufzug ging. Sie hatte zugenommen, war aber noch immer mager bis zur Abzehrung, und ihr abgetragenes schwarzes Kleid hing an ihr wie an einem Rahmen aus dünnen Stecken. Als sie verschwand, ging er nachdenklich seinen Pflichten nach, und eine Viertelstunde später kehrte er in sein Laboratorium zurück.

In der ersten Etage erwartete ihn Aufruhr. Zwei Polizisten trugen den Körper eines älteren Mannes herein, dessen Kopf eine blutige Masse war. Aufgeschrecktes Personal lief durcheinander, und durch das Fenster sah Scott einen Menschenauflauf unten vor dem Eingang.

»Was ist denn passiert?« rief er in das Stimmengewirr. »Unfall?«

»Unfall ist gut!« sagte einer der zwei Polizisten. »Mord, meinen Sie. Eine Frau schlägt diesen alten Mann drüben am Park mit einem Stein nieder und nimmt ihm die Brieftasche ab. Einfach so. Am hellichten Tag!«

Scott spähte aus dem Fenster. Auf der Parkseite der Straße hielt eine Grüne Minna inmitten einer Menschenansammlung. Zwei bullige Polizisten flankierten eine magere

Gestalt in Schwarz und stießen sie auf die Tür des Wagens zu.

Scott stockte der Atem. Es war Kyra Zelas!

Eine Woche später starrte Dr. Bach auf die dunkle Öffnung des Kamins in seinem Wohnzimmer. »Es ist nicht unsere Sache!« wiederholte er.

»Mein Gott!« fuhr Scott auf. »Nicht unsere Sache! Woher wissen wir denn, daß wir nicht verantwortlich sind? Woher wissen wir, daß unsere Injektion nicht ihren Verstand verwirrt hat? Drüsenstörungen können das bewirken; sehen Sie sich die mongoliden Idioten und Kretine an. Unser Zeug wirkt auf die Drüsen. Vielleicht haben wir sie verrückt gemacht!«

»Hören Sie zu, Scott«, sagte Bach. »Wir werden morgen gemeinsam an der Verhandlung teilnehmen, und wenn es schlecht für sie aussieht, werden wir ihren Anwalt beiseitenehmen und uns von ihm als Zeugen aufrufen lassen. Wir werden aussagen, daß sie gerade nach einer langen und gefährlichen Krankheit entlassen worden und möglicherweise nicht für ihr Tun verantwortlich ist. Das entspricht völlig der Wahrheit.«

Der nächste Vormittag fand sie als Zuhörer im überfüllten Gerichtssaal. Der Ankläger eröffnete die Sitzung; drei Zeugen sagten zu dem Vorfall aus.

»Ja, also dieser alte Kerl kauft Erdnüsse für die Tauben. Ja, die verkaufe ich ihm jeden Tag — jetzt natürlich nicht mehr. Ich kenne ihn schon lange. Diesmal hat er kein Kleingeld und zieht seine Brieftasche 'raus, und ich sehe, daß sie mit Scheinen vollgestopft ist. Und eine Minute später sehe ich, wie das Mädchen den Felsbrocken aufhebt und ihm auf die Birne knallt. Dann greift sie in sein Jackett und holt ihm die Piepen 'raus ...«

»Bitte, beschreiben Sie die Täterin.«

»Sie ist mager, und ein schwarzes Kleid hat sie an. Nicht gerade eine Schönheit. Bräunliches Haar, dunkle Augen, ich weiß nicht, ob dunkelblau oder braun.«

»Die Verteidigung kann den Zeugen befragen«, erklärte der Ankläger.

Ein junger und nervöser Mann — der vom Gericht bestimmte Pflichtverteidiger, wie die Zeitungen zu melden wußten — erhob sich. »Sie sagen«, fragte er, »daß die Angreiferin braunes Haar und dunkle Augen gehabt habe?«

»Ja.«

»Ich bitte die Angeklagte, aufzustehen.«

Ihr Rücken war Scott und Bach zugekehrt, als Kyra Zelas sich erhob, aber Scotts Haltung versteifte sich unwillkürlich. Es war etwas seltsam Verändertes in ihrer Erscheinung; das abgetragene schwarze Kleid hing nicht mehr so locker. Was er von ihrer Figur sehen konnte, schien ihm auf einmal bewundernswert zu sein.

»Nehmen Sie bitte Ihren Hut ab, Miß Zelas«, sagte der Verteidiger mit seiner quietschenden Stimme.

Scott hielt den Atem an. Die dichte Masse ihres Haares schimmerte wie Aluminium!

»Sie sehen selbst, Herr Vorsitzender, daß die Angeklagte keine dunklen Haare hat; noch hat sie dunkle Augen, wie Sie bei näherem Hinsehen bemerken werden. Es ist vielleicht denkbar, daß sie während der Untersuchungshaft ihr Haar gebleicht hat, und deshalb —« er schwenkte eine Schere — »bin ich bereit, einem vom Gericht zu benennenden Chemiker eine Haarlocke zur Untersuchung zu überlassen. Die Haarpigmentierung ist völlig natürlich. Und was ihre Augen angeht — ist der Herr Staatsanwalt vielleicht der Meinung, daß auch sie gebleicht seien?«

Er wandte sich dem gaffenden Zeugen zu. »Ist diese Dame diejenige, die Sie beim Begehen des Verbrechens beobachteten?«

Der Mann blickte verstört hin und her, räusperte sich. »Äh — kann ich nicht — sagen.«

»Ist sie es, oder ist sie es nicht?«

»N-nein.«

Der Anwalt lächelte. »Das ist alles, danke. Darf ich nun Sie bitten, in den Zeugenstand zu treten, Miß Zelas?«

Das Mädchen bewegte sich geschmeidig wie ein Panther. Scott packte Bachs Arm. Dieses extravagante Geschöpf mit den aluminiumfarbenen Haaren, den hellen Augen und der Alabasterhaut war ohne Zweifel die schönste Frau, die er je gesehen hatte!

Der Verteidiger sagte: »Erzählen Sie mit Ihren eigenen Worten, was geschehen ist, Miß Zelas.«

Das Mädchen begann mit einer wohlklingenden, erregenden Altstimme zu sprechen. Scott hatte Mühe, seine Aufmerksamkeit auf den Sinn ihrer Worte zu konzentrieren und nicht bloß dem Klang zu lauschen.

»Ich hatte gerade das Grand Mercy Hospital verlassen«, sagte sie, »wo ich einige Monate krank gelegen hatte. Ich ging durch den Park, als plötzlich eine Frau in Schwarz auf mich zustürzte, mir eine leere Brieftasche in die Hände drückte und fortrannte. Einen Augenblick später war ich von einer schreienden Menge umringt und — nun, das ist auch schon alles.«

»Eine leere Brieftasche, sagen Sie?« fragte der Verteidiger. »Was ist mit dem Geld, das in Ihrer eigenen Handtasche gefunden wurde und das der ehrenwerte Ankläger hier für gestohlen hält?«

»Es gehört mir«, sagte das Mädchen. »Ungefähr siebenhundert Dollar.«

»Das ist eine Lüge!« zischelte Bach. »Sie besaß zwei Dollar und dreiunddreißig Cents, als wir sie aufnahmen.«

Scott blickte ihn ziemlich verwirrt an. »Glauben Sie denn, daß sie dieselbe Kyra Zelas ist, die wir im Krankenhaus hatten?«

»Ich weiß es nicht. Ich weiß nichts, aber wenn ich jemals wieder dieses verdammte Serum von Ihnen anrühre — Sehen Sie? Sehen Sie, Scott!«

»Was?«

»Ihr Haar. Wenn die Sonne darauf scheint!«

Scott spähte genauer hin. Sonnenlicht fiel durch die hohen Fenster, und dann und wann, wenn Kyra Zelas sich bewegte, berührte es ihr metallisch schimmerndes Haar. Und wann immer das geschah, veränderte sich die Haarfarbe von Aluminium zu Goldblond!

In seinem Gehirn klickte etwas. Irgendwo gab es eine Erklärung — wenn er sie nur finden könnte! Die Stücke des Puzzlespiels waren da, aber es war schwer, sie richtig zusammenzufügen. Das Mädchen im Krankenhaus und ihre Reaktion auf Stiche der Injektionsnadel; dieses Mädchen und ihre Reaktion auf Licht.

»Ich muß sie sehen!« flüsterte er. »Da ist etwas, das ich herausbringen muß — Hören Sie!«

Der Verteidiger hielt gerade sein kurzes und siegessicheres Plädoyer. »Ich bitte das hohe Gericht um die Einstellung des Verfahrens mit der Begründung, daß es der Anklagevertretung völlig mißlungen ist, die Angeklagte auch nur zu identifizieren.«

Der Hammer des Richters krachte auf den Tisch. Einen Moment lang ruhte der Blick seiner alten Augen auf dem Mädchen mit dem unmöglichen Haar, dann sagte er knapp: »Dem Antrag der Verteidigung wird stattgegeben. Das Verfahren ist eingestellt.«

Ein Stimmengewirr folgte. Blitzlichter zuckten auf. Das Mädchen im Zeugenstand erhob sich mit vollendeter Anmut, lächelte in die Kameraobjektive und entfernte sich. Scott wartete, bis sie nahe an ihm vorbeikam, dann rief er: »Miß Zelas!«

Sie verhielt. Ihre seltsamen silbergrauen Augen zeigten an, daß sie ihn wiedererkannte. »Doktor Scott!« sagte ihre klingende Stimme. »Und Doktor Bach!«

Sie war es also. Sie war dasselbe Mädchen. Diese unheimlich-exotische Schönheit war das armselige, unscheinbare Mädchen aus der Isolierstation. Nun, aus der Nähe, konnte Scott die Identität der Züge ausmachen, obwohl sie wie durch ein Wunder verändert waren.

Er drängte sich mit ihr durch die Menge der Fotografen, Gerichtsreporter und Neugierigen. »Haben Sie ein Unterkommen?« fragte er. »Doktor Bachs Angebot ist nach wie vor gültig.«

Sie lächelte. »Ich bin sehr dankbar«, murmelte sie, um sich gleich darauf den Reportern zuzuwenden. »Der Doktor ist ein alter Freund von mir.« Sie gab sich vollkommen gelassen und wahrte inmitten des Gedränges eine überlegene Ruhe.

»Hier entlang«, sagte Scott und führte das Mädchen durch den Seitenausgang ins Freie. Und wieder starrte er sie verblüfft an. Denn im hellen Licht der Mittagssonne war ihre Hautfarbe nicht mehr alabasterweiß; sie war bräunlich getönt, als ob sie lange dem Sonnenlicht ausgesetzt gewesen wäre. Und ihre Augen waren auf einmal dunkelviolett. Am erstaunlichsten aber fand Scott, daß ihr Haar — oder wenigstens die feinen Strähnen, die von ihrem Hut unbedeckt blieben — so schwarz war wie die Pforten der Hölle!

Kyra hatte darauf bestanden, einen Ersatz für ihr schäbiges schwarzes Kleid zu kaufen, und hatte schließlich eine komplette Garderobe erstanden. Nun saß sie mit angezogenen Beinen auf dem weichen Sofa in Dr. Bachs Bibliothek, in ein anliegendes schwarzes Seidenkleid gehüllt, das einen atemberaubenden Kontrast zu ihrer glatten weißen Haut bildete.

Sie schaute Scott unschuldig an. »Aber warum sollte ich nicht?« fragte sie. »Das Gericht gab mir mein Geld zurück; ich kann damit kaufen, was mir gefällt.«

»Ihr Geld?« stieß Scott hervor. »Sie hatten weniger als drei Dollar, als Sie das Krankenhaus verließen.«

»Aber dieses Geld gehört jetzt mir.«

»Miß Zelas«, sagte er geduldig, »wo haben Sie dieses Geld her?«

Ihr Gesicht war rein und unschuldig wie das einer Heiligen. »Von dem alten Mann.«

»Sie — Sie haben ihn ermordet!«

»Wieso — ja, natürlich habe ich das.«

Er schluckte. »Mein Gott!« stöhnte er. »Begreifen Sie nicht, daß wir das melden müssen?«

Sie blickte lächelnd von einem zum anderen, dann schüttelte sie milde den Kopf. »Lieber Doktor Scott, Sie werden es nicht melden, weil es nichts nützen würde. Ich kann nicht wegen eines Verbrechens zweimal vor Gericht gestellt werden. Nicht in Amerika.«

»Aber warum haben Sie es getan, Kyra?«

»Hätten Sie an meiner Stelle das Leben wieder aufgenommen, das mich in Ihre Hände brachte? Sicher nicht! Ich brauchte Geld. Es war da, und ich nahm es.«

»Aber Raubmord ...!«

»Es war die direkteste Methode.«

»Nicht, wenn Sie dafür bestraft worden wären!« erwiderte er grimmig.

»Aber ich wurde nicht bestraft«, erinnerte sie ihn sanft.

Er ächzte. »Kyra«, sagte er, auf ein anderes Thema überwechselnd, »warum wird die Farbe Ihrer Augen, Ihrer Haare und Ihrer Haut dunkel, wenn Sie ins Sonnenlicht gehen?«

Sie lächelte. »Ist das so?« fragte sie. »Ich habe es noch nicht bemerkt.« Sie gähnte, streckte ihre schlanken Beine aus und reckte die Arme. »Ich glaube, ich werde jetzt schlafen«, verkündete sie. Sie betrachtete die beiden Männer mit einem leicht belustigten Ausdruck ihrer schönen Augen, erhob sich und ging in das Zimmer, das Dr. Bach ihr gegeben hatte — sein eigenes.

Scott blickte den alten Mann an. »Begreifen Sie es?« fragte er leise. Die Erregung machte seine Stimme undeutlich. »Mein Gott, sehen Sie es?«

»Sie, Scott?«

»Allmählich wird es mir klar.«

»Ich glaube auch, dahinter zu sehen.«

»Also«, sagte Scott, »ich sehe es so: Dieses verdammte Serum hat die Anpassungsfähigkeit des Mädchens irgendwie auf ein unmögliches Maß gesteigert. Was unterscheidet Leben von unbelebter Materie? Unter anderem die Anpassungsfähigkeit. Das Leben paßt sich an seine Umgebung an, und je größer die Anpassungsfähigkeit, desto erfolgreicher der Organismus.

Alle menschlichen Wesen zeigen eine sehr beträchtliche

Anpassungsfähigkeit. Wenn wir uns dem Sonnenlicht aussetzen, bildet unser Körper Pigmente — unsere Haut bräunt sich. Das ist Anpassung an eine Umgebung, die Sonnenlicht enthält. Wenn ein Mann seine rechte Hand verliert, lernt er seine linke zu gebrauchen. Das ist eine andere Form der Anpassung. Wenn die Haut eines Menschen verletzt wird, heilt sie und regeneriert sich — ein weiterer Aspekt der gleichen Sache. Heiße, sonnige Gegenden bringen dunkelhäutige, dunkelhaarige Menschen hervor; nördliche Gegenden produzieren blaßhäutige, blondhaarige Bewohner, und das ist wieder Anpassung.

Was mit Kyra Zelas geschehen ist, kann ich mir nur so erklären, daß ihre Anpassungsfähigkeit durch irgendeine verrückte biochemische Reaktion in ihrem Körper, die ich nicht verstehe, extrem gesteigert worden ist. Sie paßt sich ihrer Umgebung augenblicklich an; kommt sie in die Sonne, bräunt sich ihre Haut sofort, und im Schatten wird sie ebenso schnell wieder blaß. Im Sonnenlicht sind ihre Haare und Augen die einer tropischen Rasse; im Schatten, die einer nördlichen. Und als sie sich dort im Gerichtssaal der Gefahr gegenübersah — der Gefahr in Gestalt von Geschworenen und einem Richter und Ankläger, die allesamt Männer waren, paßte sie sich auch dieser Lage an! Sie begegnete der Gefahr nicht nur durch ein verändertes Aussehen, sondern durch eine so große Schönheit, daß es einem Mann unmöglich gewesen wäre, sie zu verurteilen!« Er sah Dr. Bach an. »Aber wie? Wie?«

»Vielleicht hat die Medizin eine Antwort bereit«, meinte Bach. »Die Entwicklung des Menschen wird von seinen Drüsen gesteuert. Der Unterschied zwischen den Rassen beruht zweifellos auf dieser Steuerung. Und das vielleicht wirksamste Anpassungsmittel des Menschen ist sein Gehirn mit dem angeschlossenen Nervensystem, deren Entwicklung zum Teil durch eine kleine fettige Masse am Boden der dritten Gehirnkammer vor dem Kleinhirn gesteuert wird, die im Altertum als Sitz der Seele galt.

Ich meine natürlich die Zirbeldrüse. Ich vermute, daß Ihr

Serum jenes langgesuchte Hormon Pinealin enthält und daß es eine Hypertrophie von Kyra Zelas' Zirbeldrüse verursacht hat. Begreifen Sie, Scott, daß sie, wenn ihre Anpassungsfähigkeit wirklich vollkommen ist, nicht nur unbesiegbar, sondern auch unverwundbar sein muß?«

Scott schluckte. »Das ist wahr! Sie könnte nicht durch den elektrischen Stuhl hingerichtet werden, weil sie sich augenblicklich einer Umgebung anpassen würde, die elektrischen Strom enthält. Man könnte sie auch nicht durch eine Kugel töten, weil sie sich an diese Verletzung genauso rasch anpassen würde wie an Ihre Nadelstiche. Und Gift — aber es muß irgendwo eine Grenze geben!«

»Zweifellos«, stimmte Bach zu. »Ich glaube zum Beispiel kaum, daß sie sich an eine Umgebung anpassen würde, wo eine Hundert-Tonnen-Lokomotive ihren Körper überrollt. Und doch ist da noch ein wichtiger Punkt, den wir nicht bedacht haben. Die Anpassung selbst hat zweierlei Formen.«

»Zweierlei Formen?«

»Ja. Eine Form ist biologisch, die andere geistig. Ein Biochemiker wie Sie wird sich aus naheliegenden Gründen nur mit der ersteren Form beschäftigen, aber man muß auch die zweite berücksichtigen. Biologische Anpassungsfähigkeit haben wir mit den Pflanzen und Tieren gemeinsam; sie ist, was ihr Name besagt: bloße Anpassung an die Umwelt. Ein Chamäleon zum Beispiel zeigt ähnliche Fähigkeiten wie Kyra Zelas, ebenso das Wiesel, weiß im Winter und braun im Sommer. Alles Leben paßt sich weitgehend seiner Umgebung an, weil es andernfalls zugrunde ginge. Aber der Mensch tut noch mehr.«

»Mehr?«

»Viel mehr. Menschliche Anpassung ist nicht nur Konformität mit der Umwelt, sondern auch die Veränderung der Umwelt nach den menschlichen Bedürfnissen! Der erste Höhlenmensch, der seine Höhle verließ und sich eine Grashütte baute, veränderte seine Umgebung. Tatsächlich beruht der ganze wissenschaftlich-technische Fortschritt der

Menschheit auf dieser einen Tatsache: Veränderung der Umwelt statt Anpassung an sie.

Wir wissen jetzt, daß Kyra Zelas die biologische Anpassungsfähigkeit besitzt. Aber was, wenn sie auch die andere Fähigkeit im gleichen Maße besitzt? Wenn das der Fall ist, weiß Gott, was das Resultat sein wird. Wir können sie nur beobachten und verfolgen, welche Richtung sie nimmt — und hoffen.«

»Aber ich verstehe nicht«, murmelte Scott, »wie das von der Drüsentätigkeit abhängig sein könnte.«

»Alles kann drüsenbedingt sein. Bei einem Mutanten — und dieses Mädchen Kyra ist nicht weniger eine Mutation als Ihre weißäugigen Fruchtfliegen — ist alles möglich. Wenn ich eine philosophische Interpretation wagen darf, würde ich sagen, daß Kyra vielleicht ein Stadium in der menschlichen Evolution darstellt. Eine Mutation. Wenn man so weit geht, das zu glauben, dann sind de Vries und Weissmann gerechtfertigt.«

»Sie meinen, die Mutationstheorie der Evolution?«

»Genau. Sehen Sie, Scott, es ist sehr leicht, die Evolution anhand von fossilen Überresten zu beweisen. Schwieriger ist der Beweis, in welcher Art die Evolution sich vollzogen hat.«

»Ich stelle mir den Nachweis sogar unmöglich vor.«

»Nun, ich glaube jedenfalls nicht, daß sie sich langsam vollzogen hat, wie Darwin glaubte. Dafür habe ich mehrere Gründe. Nehmen wir mal das Auge, zum Beispiel. Darwin meinte, daß ganz allmählich, im Laufe von Tausenden von Generationen, irgendein Meereslebewesen eine lichtempfindliche Stelle in seiner Haut entwickelte, und daß diese ihm einen Vorteil gegenüber seinen blinden Konkurrenten gab. Darum überlebte diese Art, während andere untergingen. Aber nun passen Sie auf. Wenn dieses Auge sich langsam entwickelte, warum sollten dann die ersten Vertreter dieser Gattung, die noch nicht sehen konnten, bessere Überlebenschancen gehabt haben als die anderen? Und sehen Sie sich den Flügel an. Was nützt ein Flügel, solange

man nicht damit fliegen kann? Der Umstand, daß eine springende Eidechse eine Hautfalte zwischen Vorderbeinen und Brust entwickelt, die ihr das Springen erleichterte, kann noch nicht bedeuten, daß diese Eidechse überleben konnte, wo andere umkommen mußten. Was führte dazu, daß der Flügel sich bis zu einem Grad weiterentwickeln konnte, wo er tatsächlich von Wert war?«

»Was führte dazu?«

»De Vries und Weissmann sagen, nichts. Sie antworten, daß die Evolution in Sprüngen fortgeschritten sein müsse, so daß das Auge bei seinem Erscheinen bereits leistungsfähig genug gewesen sei, um einen Überlebenswert zu haben. Ähnlich sei es mit dem Flügel gewesen. Diese Sprünge nannten sie Mutationen. Und in diesem Sinne ist Kyra eine Mutation, Scott, ein Sprung vom Menschen zu — etwas anderem. Vielleicht dem Übermenschen.«

Scott nickte stumm. Er war gründlich verwirrt und mehr als ein wenig entnervt. Nach einigen weiteren Minuten wünschte er Bach eine gute Nacht, wanderte nach Haus und lag noch Stunden in schlaflosen Grübeleien.

Am nächsten Tag bestellte Bach Vertreter für sich selbst und Scott, und die beiden nahmen Urlaub vom Krankenhaus. Scott zog in Bachs Haus. Dies tat er zum Teil aus faszinierterm Interesse für den Fall Kyra Zelas, zum Teil aber aus Altruismus. Sie hatte zugegebenermaßen einen Mann ermordet; Scott befürchtete, daß sie ohne große Gewissensbisse auch Dr. Bach ermorden könnte, und er wollte in der Nähe sein, um das zu verhindern.

Er hatte erst wenige Stunden in ihrer Gesellschaft verbracht, als Bachs Worte über Evolution und Mutationen eine neue Bedeutung annahmen. Es war nicht bloß Kyras chamäleonhafte Färbung, auch nicht ihre seltsam reinen und heiligmäßigen Züge, und nicht einmal ihre unglaubliche Schönheit. Da war noch etwas; er konnte es nicht sofort identifizieren, aber das Mädchen Kyra war entschieden nicht ganz menschlich.

Das Ereignis, das diesen Eindruck in ihm hinterließ, geschah am Spätnachmittag. Bach war zu einer persönlichen Besorgung aus dem Haus gegangen, und Scott hatte das Mädchen über ihre eigenen Eindrücke von ihrem Erlebnis ausgefragt.

»Aber wissen Sie denn nicht, daß Sie sich verändert haben?« fragte er. »Können Sie den Unterschied in sich selbst nicht wahrnehmen?«

»Ich habe mich nicht verändert. Die Welt ist es, die sich verändert hat.«

»Aber Ihr Haar war schwarz. Jetzt ist es hell wie Metall.«

»War es so?« fragte sie. »Ist es so?«

Er stöhnte resigniert. »Kyra«, sagte er, »Sie müssen doch etwas über sich wissen.«

Ihre ungewöhnlichen Augen richteten sich auf ihn. »Das tue ich«, erwiderte sie lächelnd. »Ich weiß, daß mein ist, was ich will, und ich glaube, ich will Sie, Dan.«

Es schien ihm, daß sie sich im gleichen Moment veränderte. Ihre Schönheit war nicht ganz so, wie sie gewesen war; etwas Wildes, Berauschendes war hinzugekommen. Er begriff, was es bedeutete; ihre Umgebung enthielt nun einen Mann, den sie begehrte, und sie paßte sich dem an, indem sie unwiderstehlich wurde.

Bach schien die Situation zu begreifen, aber er sagte nichts. Für Scott war es eine Qual, denn er erkannte nur zu gut, daß das Mädchen, das er in manchen Augenblicken zu lieben meinte, eine biologische Abnormität war und — schlimmer noch — eine kaltblütige Mörderin. Doch in den nächsten Tagen ging alles reibungslos. Kyra paßte sich rasch der häuslichen Routine an; sie beantwortete alle Fragen bereitwillig und ließ alle Untersuchungen geduldig über sich ergehen.

Dann kam Scott auf eine Idee. Er holte eines der Meerschweinchen aus seinem Labor, denen er das gleiche Serum injiziert hatte, und sie fanden bald heraus, daß das Tier auf Schnittwunden in der gleichen Weise reagierte wie Kyra. Sie töteten es, indem sie es buchstäblich mit einem Beil in zwei Stücke hackten, und Bach untersuchte das Gehirn.

»Richtig«, sagte er zuletzt. »Es ist eine Hypertrophie der Zirbeldrüse.« Er starrte Scott gedankenvoll an. »Angenommen, wir könnten Kyras Zirbeldrüse erreichen und die Hypertrophie beseitigen. Glauben Sie, daß sie dann in ihren Normalzustand zurückkehren würde?«

Scott blickte verdutzt auf. »Möglich. Aber warum sollten wir so etwas tun? Sie kann nichts anrichten, solange wir sie hier beaufsichtigen. Warum sollten wir auf diese Art mit ihrem Leben spielen?«

Bach lachte kurz. »Zum erstenmal in meinem Leben bin ich froh, daß ich ein alter Mann bin. Sehen Sie nicht, daß wir etwas unternehmen müssen? Sie ist eine Bedrohung. Sie ist gefährlich. Nur der Himmel weiß, wie gefährlich. Wir müssen etwas versuchen.«

Scott sah es ein. Eine Stunde später, unter dem Vorwand eines Experiments, sah er zu, wie der alte Mann 0,4 Gramm Morphium in den Arm des Mädchens injizierte, sah sie die Stirn runzeln, mit den Augen zwinkern — und sich anpassen. Die Droge war machtlos.

Spät am Abend hatte Bach eine neue Idee. »Äthylchlorid!« flüsterte er. »Augenblickliche Anästhesie. Vielleicht kann sie sich dem Sauerstoffmangel nicht mehr anpassen. Wir werden es versuchen.«

Kyra schlief. Still und vorsichtig schlichen die beiden in ihr Zimmer, und Scott starrte in völliger Faszination auf die unheimliche Schönheit ihrer Züge. Im schwachen Licht des Mondes war ihr Gesicht so weiß wie das Kopfkissen. Behutsam hielt Bach den Wattebausch über ihr Gesicht, Tropfen für Tropfen goß er die flüchtige, süßlich riechende Flüssigkeit hinein. Er hielt ihr den mit Äthylchlorid gesättigten Wattebausch dicht unter die Nase. Minuten vergingen.

»Das müßte reichen, um einen Elefanten zu narkotisieren«, flüsterte er. Und er drückte den Wattebausch voll auf Nase und Mund des Mädchens.

Sie erwachte. Finger wie Stahlklammern umschlossen sein Handgelenk und schoben seinen Arm fort. Scott nahm Bach den Wattebausch aus der Hand, und ihre andere

Hand packte seinen Arm, er spürte die volle Kraft ihrer Finger.

Sie setzte sich aufrecht und sagte: »Das ist ganz nutzlos. Hier — sehen Sie!«

Sie nahm einen Brieföffner vom Tisch neben dem Bett, zog das Nachthemd über ihre Schulter und entblößte einen Teil ihres schneeweißen Busens. Dann stieß sie sich den Brieföffner plötzlich mit einem harten Ruck bis zum Griff in die Brust.

Scott keuchte vor Entsetzen. Sie zog die schmale Klinge heraus. Ein kleiner Blutfleck blieb auf ihrer Haut zurück; sie wischte ihn fort und stellte ihre Haut zur Schau, blaß, narbenlos und glatt.

»Gehen Sie jetzt«, sagte sie sanft, und die beiden Männer verließen den Raum.

Am nächsten Tag erwähnte sie das nächtliche Geschehnis mit keinem Wort. Scott und Bach verbrachten einen sorgenvollen Vormittag in Dr. Bachs privatem Laboratorium, arbeiteten nicht, diskutierten dafür um so intensiver. Es war ein Fehler, denn als sie in die Bibliothek zurückkehrten, war Kyra Zelas fort. Nach Auskunft der Haushälterin war sie einfach zur Tür hinausgeschlendert. Eine hastige, fast hektische Suche in den umliegenden Straßen erbrachte keinen Hinweis auf ihren Verbleib.

Gegen Abend war sie wieder da, nahm ihren Hut ab und blieb einen Moment im Eingang stehen, um Scott Zeit zu geben, die wunderbare Veränderung ihrer Haarfarbe zu beobachten.

»Hallo«, sagte sie lächelnd. »Ich habe ein Kind getötet.«

»Was? Mein Gott, Kyra!«

»Es war ein Unfall. Sicherlich glauben Sie nicht, daß ich für einen Unfall bestraft werden sollte, Dan?«

Er starrte sie sprachlos vor Entsetzen an. »Wie ...?«

»Oh, ich wollte einen Spaziergang machen. Nachdem ich einen oder zwei Blocks gegangen war, dachte ich, daß mir eine Autofahrt gefallen würde. Ich kam zu einem Wagen, der mit laufendem Motor am Straßenrand stand, während der Fahrer sich an einem Kiosk unterhielt, also schlüpfte ich hinters Steuer und fuhr weg. Natürlich fuhr ich ziemlich schnell, weil der Mann Zeter und Mordio schrie, und an der zweiten Ecke überfuhr ich einen kleinen Jungen.«

»Und — Sie haben nicht angehalten?«

»Natürlich nicht. Ich fuhr rasch weiter, und als ich nach ein paar Minuten sah, daß kein Wagen mich verfolgte, parkte ich das Auto in einer anderen Straße und ging zurück. Den Jungen hatte man schon fortgebracht, aber die Menge war noch da. Kein Mensch erkannte mich.« Sie lächelte ihr unschuldiges Lächeln. »Wir sind vollkommen sicher. Sie können mir nicht auf die Spur kommen.«

Scott ließ seinen Kopf in seine Hände sinken und stöhnte. »Ich weiß nicht, was ich tun soll!« sagte er verzweifelt. »Kyra, Sie werden diese Sache der Polizei melden müssen.«

»Aber es war doch ein Unfall«, sagte sie sanft, ihre großen dunklen Augen auf Scott gerichtet.

»Egal. Sie haben einen Wagen gestohlen und einen kleinen Jungen fahrlässig getötet und Fahrerflucht begangen. Sie müssen sich der Polizei stellen.«

Sie legte unvermittelt eine weiße Hand auf Scotts Kopf. »Vielleicht morgen«, sagte sie. »Dan, ich habe etwas gelernt. Was man in dieser Welt braucht, ist Macht. Solange es Leute gibt, die mehr Macht haben als ich, kriege ich Ärger mit ihnen. Sie versuchen mich mit ihren Gesetzen zu bestrafen — und warum? Ihre Gesetze sind nicht für mich. Sie haben nicht das Recht, mich zu bestrafen.«

Er antwortete nicht.

»Darum«, sagte sie mit ruhiger Entschlossenheit«, werde ich morgen von hier fortgehen und Macht suchen. Ich werde mächtiger sein als die Gesetze.«

Das riß ihn aus seiner dumpfen Verzweiflung. »Nein!« rief er. »Sie werden nicht noch mal versuchen, von hier fortzugehen, Kyra!« Er sprang auf, packte ihre Schultern und schüttelte sie. »Versprechen Sie es! Schwören Sie, daß Sie das Haus nicht ohne mich verlassen werden!«

Sie zuckte die Schultern. »Wenn Sie wollen«, sagte sie.

»Aber versprechen Sie es mir! Geben Sie mir Ihr Ehrenwort!«

Ihre Augen blickten ihn voll an, und ihr Gesicht war das eines marmornen Engels. »Ich verspreche es«, murmelte sie. »Ich gebe Ihnen mein Ehrenwort, Dan.«

Und am anderen Morgen war sie fort. Sie hatte alles Bargeld mitgenommen, das in Scotts und Bachs Brieftasche gewesen war. Und später entdeckte Mrs. Getz, daß auch ihre Geldbörse leer war.

»Sie hätten sie sehen sollen!« sagte Scott in zorniger Erregung. »Sie schaute mir gerade in die Augen, als sie ihr Versprechen machte, und ihr Gesicht war rein wie das einer Madonna. Ich kann nicht glauben, daß sie gelogen hat, und doch hat sie es getan.«

»Die Lüge als Anpassungsmechanismus«, sagte Bach, »verdient mehr Aufmerksamkeit, als sie bisher erhalten hat. Die ursprünglichen Lügner sind wahrscheinlich jene Pflanzen und Tiere, die sich der schützenden Mimikry bedienen — harmlose Schlangen, die mit ihrem Aussehen giftige imitieren, stachellose Fliegen, die wie Bienen aussehen. Es sind lebendige Lügen.«

»Aber ich verstehe nicht, wie sie ...?«

»Sie hat, soviel ist klar. Was Sie mir über ihr Verlangen nach Macht erzählt haben, ist Beweis genug. Sie ist in die zweite adaptive Phase eingetreten — die, in der sie ihre Umgebung sich selbst anpaßt, statt sich ihrer Umgebung anzupassen. Fragt sich nur, wie weit ihre Verrücktheit — oder ihr Genius — sie bringen wird. Der Unterschied zwischen den beiden ist gering. Uns bleibt nichts übrig als zuzusehen.«

»Zuzusehen? Wie? Wo ist sie?«

»Wenn ich mich nicht sehr irre, wird es sehr einfach sein, sie zu beobachten, sobald sie Fortschritte macht. Wo immer sie ist, wir und der Rest der Welt werden es früh genug erfahren.«

Aber Wochen vergingen ohne ein Lebenszeichen von Kyra Zelas. Scott und Bach kehrten ins Grand Mercy Hospital zurück und gingen ihren Pflichten nach, und unten in seinem Laboratorium entledigte sich der Biochemiker grimmig der Reste von drei Meerschweinchen, einer Katze und einem Hund, deren Tötung eine anstrengende und ekelerregende Arbeit gewesen war. Drei Ampullen mit mühsam gewonnenem Serum wanderten gleichfalls in den Abfallkübel.

Dann wurde er eines Tages in Dr. Bachs Büro gerufen und fand den alten Mann über ein Exemplar der »Post Record« gebeugt.

»Hier«, sagte er. »Lesen Sie das!« Und er deutete auf eine politische Klatschspalte mit der Überschrift »Washingtoner Karussell«.

Scott las: »Und die Überraschung des Abends war der überzeugte Junggeselle des Kabinetts, John Callan, der keine andere als die glänzende Kyra Zelas umflatterte, jene bemerkenswerte Dame, die bei Tag eine dunkle und bei Nacht eine weiße Frisur trägt. Einige von uns erinnern sich, daß sie vor einiger Zeit von einer Mordanklage freigesprochen wurde.«

Scott blickte auf. »Callan, unser Finanzminister, und kein Geringerer! Als sie Macht sagte, meinte sie es wortwörtlich, wie es scheint.«

»Aber wird sie sich damit zufriedengeben?« überlegte Bach bekümmert. »Ich habe eine ungute Vorahnung, daß sie erst beginnt.«

»Nun, ich weiß nicht. Wie weit kann es eine Frau hierzulande in der Politik bringen? Was meinen Sie?«

Der alte Mann legte die Zeitung weg und schaute ihn über den Brillenrand an. »Eine Frau? Dies ist Kyra Zelas, mein lieber Scott. Ziehen Sie Ihre Grenzen nicht zu früh. Wir werden noch mehr von ihr hören.«

Bach hatte recht. Ihr Name begann mit zunehmender Häufigkeit in den Zeitungen zu erscheinen, zuerst im Zusammenhang mit gesellschaftlichen Ereignissen, dann mit verschleierten Hinweisen und Andeutungen auf Intrigen und unterirdische Kämpfe um politische Machtpositionen und Einflußsphären.

Nach einiger Zeit sprach ein Reporter geheimnisvoll von einem »zehnten Kabinettsmitglied«. In einer anderen Zeitung war etwas später von »skandalösen Zuständen« und von »ehrgeizigen Elementen« die Rede, die versuchten, »über die persönlichen Berater des Präsidenten Einfluß auf die Staatsgeschäfte zu erlangen.«

Scott lächelte etwas kläglich, als er im Verlauf der Wochen und Monate sah, wie die Angriffe indirekter wurden, wie wenn die Presse selber anfinge, vorsichtig zu werden. Es war ein Zeichen für zunehmende Macht, denn nirgendwo gibt es Menschen, die sensibler auf solche Entwicklungen reagieren als die Washingtoner Korrespondenten. Kyra Zelas' Name wurde schließlich fast nur noch im Zusammenhang mit rein gesellschaftlichen Anlässen genannt, und dann gewöhnlich in Verbindung mit John Callan, dem fünfundvierzigjährigen Junggesellen und Finanzminister. In weniger als einem halben Jahr war Kyra Zelas in Washington zu einer Figur geworden, an der niemand mehr zu rütteln wagte.

Scott konnte sie nicht aus seinem Denken verdrängen, ob er arbeitete oder ausruhte, wachte oder schlief, denn es war etwas Mystisches um sie, das ihn fortwährend beschäftigte. War sie verrückt oder eine Frau von Genius? War sie eine Abnormität, ein Monstrum, oder war sie eine neue Art Übermensch? Was er allerdings vergaß, war ein mageres Mädchen mit unscheinbaren Zügen und fettigem schwarzen Haar, das in der Isolierstation gelegen und Blut gehustet hatte.

Weder für Scott noch für Dr. Bach war es eine große Überraschung, als sie eines Abends zu einem Gespräch in Bachs Haus kamen und Kyra Zelas dort antrafen, so behaglich auf der Wohnzimmercouch liegend, als ob sie nie fort gewesen wäre. Äußerlich hatte sie sich kaum verändert; wieder starrte Scott fasziniert in ihre großen, unschuldigen Augen und auf ihr unglaubliches Haar. Sie rauchte eine Zigarette und blies den blauen Rauch lächelnd zu ihm auf.

Er gab sich einen Ruck zur Härte. »Nett von Ihnen, daß Sie uns beehren«, sagte er kalt. »Welches ist der Grund für diesen Besuch? Ist Ihnen das Geld ausgegangen?«

»Geld? Natürlich nicht. Wie könnte mir das Geld ausgehen?«

»Nicht so leicht, das gebe ich zu; nicht, solange Sie Ihre Taschen in der Art und Weise füllen, wie Sie es bei Ihrem Weggang getan haben.«

»Ach das!« sagte sie geringschätzig. Sie öffnete ihre Handtasche und ließ ihn eine dick gepackte Masse grüner Banknoten sehen. »Ich werde das zurückgeben, Dan. Wieviel war es?«

»Zum Teufel mit dem Geld!« schnappte er. »Was mich verletzte, war die Kaltblütigkeit, mit der Sie mich angelogen haben. Sie haben mir in die Augen gesehen, unschuldig wie ein Baby, und dabei haben Sie von A bis Z gelogen!«

»Wirklich?« fragte sie. »Ich werde Sie nicht wieder anlügen, Dan. Ich verspreche es.«

»Ich glaube Ihnen nicht«, sagte er bitter. »Sagen Sie uns, was Sie hier wollen.«

»Ich wollte Sie sehen. Ich habe nicht vergessen, was ich Ihnen damals sagte, Dan.«

»Und haben Sie«, fragte Bach unvermittelt, »inzwischen Ihre Machtideen aufgegeben?«

»Warum sollte ich Macht wollen?« fragte sie unschuldig zurück.

»Aber Sie sagten«, begann Scott ungeduldig, »daß Sie ...«

»Wirklich?« Ihre schönen Lippen lächelten. »Ich werde Sie nicht anlügen, Dan«, fuhr sie lachend fort. »Wenn ich Macht will, brauche ich sie bloß zu nehmen — mehr Macht, als Sie sich vorstellen können.«

»Durch John Callan?« fragte er heiser.

»Er bietet eine einfache Möglichkeit«, antwortete sie. »Angenommen, zum Beispiel, er würde in ein paar Tagen ein Kommuniqué — ein höchst beleidigendes Kommuniqué — über die noch immer nicht zurückgezahlten Kriegskredite unserer ehemaligen Verbündeten herausgeben. Der Präsident könnte sich nicht leisten, ihn öffentlich zu tadeln, weil die meisten Wähler das Gefühl haben, daß über diese Dinge endlich offen gesprochen werden sollte. Und wenn es beleidigend genug wäre — und ich versichere Ihnen, daß es das wäre —, dann würden Sie erleben, wie uns die Feindschaft der Europäer entgegenschlüge.

Angenommen, dieses Kommuniqué wäre so abgefaßt, daß keine der angesprochenen Regierungen es ignorieren und dabei in den Augen der Bevölkerung ihre Würde wahren könnte, dann würde es Gegenbeleidigungen provozieren. Sehen Sie die politischen Folgen?« Sie blickte erwartungsvoll in die verblüfften Gesichter der beiden Männer, dann runzelte sie die Stirn.

»Wie einfältig Sie beide sind!« murmelte sie. Sie reckte sich und gähnte. »Ich frage mich, was für eine Herrscherin ich abgeben würde. Eine gute, ohne Zweifel.«

Aber Scott war entsetzt. »Kyra, haben Sie wirklich vor, Callan zu einem so kolossalen Fehler zu drängen?«

»Drängen?« echote sie verächtlich. »Ich würde ihn zwingen.«

»Sie meinen, Sie wollen es tun?«

Sie lächelte. »Das habe ich nicht gesagt.« Sie gähnte von neuem und schnippte ihre Zigarette in die dunkle Öffnung des Kamins. »Ich werde einen oder zwei Tage bleiben«, fügte sie freundlich hinzu und erhob sich. »Gute Nacht.«

Sie verschwand im Schlafgemach des alten Mannes. Scott blickte ihr nach, dann sah er Bach an. »Verdammtes Weib!« knurrte er. »Wenn ich glauben würde, daß es ihr Ernst ist ...«

»Das sollten Sie ruhig glauben«, sagte Dr. Bach.

»Herrscherin! Herrscherin von was?«

»Über die Erde, vielleicht. Der Verrücktheit oder dem Genie können Sie keine Grenzen setzen.«

»Wir müssen sie daran hindern, Unfug anzustiften!«

»Wie? Wir können sie nicht hier einsperren. Sie brauchte bloß aus einem Fenster um Hilfe zu schreien.«

»Wir können sie für unzurechnungsfähig erklären lassen!« sagte Scott hitzig. »Wir können sie unter Zwangsverwahrung stellen lassen.«

»Ja, das können wir. Aber vorher müssen wir sie von der Gesundheitskommission begutachten lassen und ein Entmündigungsverfahren einleiten. Wie groß, glauben Sie, wären unsere Chancen, damit durchzukommen?«

Scott machte eine resignierte Geste. »Ich weiß. Dann müssen wir ihre Schwäche herausfinden. Ihre Anpassungsfähigkeit kann nicht unbegrenzt sein. Sie ist immun gegen Verletzungen und Drogen, aber sie kann nicht über den fundamentalen Gesetzen der Biologie stehen. Wir müssen ein Gesetz finden, das für sie anwendbar ist.«

»Nur zu«, sagte Bach trübe. »Finden Sie.«

»Etwas müssen wir unternehmen. Wenigstens könnten wir die Leute warnen ...« Er begriff die Absurdität des Gedankens und verstummte.

»Die Leute warnen!« spottete Bach. »Wovor? Wir wären diejenigen, die man dann der Gesundheitskommission vorführen würde. Callan würde uns ignorieren, und Kyra würde ihr geringschätziges Lachen lachen, und das wäre das.«

Scott zuckte hilflos die Schultern. »Ich bleibe heute nacht hier«, sagte er. »Wir können morgen noch mal mit ihr reden.«

»Wenn sie dann noch da ist«, bemerkte Bach.

Sie war da. Sie kam heraus, als Scott allein in der Bibliothek saß und die Morgenzeitung las, und setzte sich ihm gegenüber. Sie trug eine Pyjama aus schwarzer Seide, zu dem ihre Alabasterhaut in erregendem Kontrast stand. Er sah, wie ihr Haar in einem schwachen Goldschimmer aufleuchtete, als die Morgensonne über eine Wolkenbank stieg und ins Zimmer schien. Irgendwie ärgerte es ihn, daß sie so schön und zugleich von einer so absoluten Tödlichkeit war.

»Seit unserem letzten Zusammentreffen haben Sie keine

weiteren Morde verübt, hoffe ich.« Er sagte es gereizt und mit bösartigem Unterton.

Sie blieb indifferent. »Warum sollte ich? Es war nicht notwendig.«

»Wissen Sie, Kyra«, sagte er, »daß Sie getötet werden müßten?«

»Aber nicht von Ihnen, Dan. Sie lieben mich.«

Er errötete, doch er sagte nichts. Die Tatsache war zu offensichtlich, um sie zu leugnen.

»Dan«, sagte sie weich, »wenn Sie nur meinen Mut hätten, gäbe es keine Höhe, die wir nicht gemeinsam erreichen könnten. Wenn Sie den Mut hätten, es zu versuchen. Das ist der Grund, daß ich zurückgekommen bin, aber...« Sie zuckte mit der Schulter. »Ich werde morgen wieder nach Washington fahren.«

Später am Tag nahm Scott Dr. Bach beiseite. »Sie reist morgen zurück«, sagte er angespannt. »Was immer wir tun können, es muß heute nacht geschehen.«

Der alte Mann machte eine hilflose Geste. »Was können wir tun? Fällt Ihnen irgendein Naturgesetz ein, das von der Anpassungsfähigkeit unberührt bleibt?«

»Nein, aber...« Scott verstummte plötzlich. »Bei Gott!« rief er dann. »Ich hab's!«

»Was?«

»Das Naturgesetz! Ein fundamentales biologisches Gesetz, das über Kyras Anpassungsfähigkeit stehen muß!«

»Aber was meinen Sie?«

»Kein Organismus kann in seinen eigenen Abfallprodukten existieren! Die eigenen Abfälle sind für jedes lebende Wesen Gift!«

»Aber...«

»Hören Sie. Kohlendioxyd ist ein menschliches Abfallprodukt. Kyra kann sich einer Atmosphäre aus Kohlendioxyd nicht anpassen!«

Bach starrte ihn an. »Himmel, das ist eine Idee! Aber selbst wenn Sie recht haben, wie ...«

»Moment. Sie können über das Krankenhaus ein paar

Druckbehälter mit Kohlendioxydgas beschaffen. Wir brauchen uns nur noch auszudenken, wie wir das Gas in ihr Zimmer leiten können.«

»Nun — dies ist ein altes Haus. Zwischen ihrem Raum und dem, den ich gegenwärtig benütze, ist ein Loch, wo das Verbindungsrohr der Heizung durchgeht. Es ist nicht dicht. Wir könnten einen Gummischlauch am Rohr entlangführen.«

»Gut!«

»Aber die Fenster! Sie wird die Fenster offen haben.«

»Keine Angst«, meinte Scott. »Sorgen Sie dafür, daß die Gleitschienen eingeseift sind und die Fenster sich leicht schließen lassen, das ist alles.«

»Aber selbst wenn es klappt, was sollen wir mit ihr... Scott! Sie haben doch nicht vor, das Mädchen umzubringen?«

Der andere schüttelte den Kopf. »Ich könnte es nicht«, bekannte er. »Aber sobald sie hilflos ist, sobald wir sie in unserer Gewalt haben, werden Sie operieren. Die Operation der Zirbeldrüse, die Sie vorschlugen. Der Himmel möge mir vergeben, ich weiß keine andere Lösung!«

Scott durchlitt an diesem Abend die Qualen der Verdammten. Kyra war womöglich noch schöner als je zuvor, und zum erstenmal schien sie sich Mühe zu geben, charmant zu sein. Ihre Unterhaltung war lebhaft und brillant, und Scott fand sich wieder und wieder so von ihr fasziniert, daß der Gedanke an den geplanten Verrat ihm von Stunde zu Stunde unerträglicher wurde. Es schien eine Blasphemie zu sein, gegen ein Wesen Gewalt anzuwenden, dessen äußere Erscheinung so rein, so unschuldig und so madonnenhaft war.

Aber sie ist nicht ganz — menschlich, sagte er sich. Sie ist kein Engel, sondern ein weiblicher Dämon, ein — wie wurden sie genannt? — ein Inkubus!

Als Kyra endlich unmißverständlich gähnte und ihre Füße auf den Boden setzte, um zu gehen, bat er sie gegen seine eigene Absicht, noch ein wenig zu bleiben.

»Es ist noch früh«, sagte er, »und morgen gehen Sie.«

»Ich werde zurückkommen, Dan. Dies ist nicht das Ende für uns.«

»Ich hoffe nicht«, murmelte er bedrückt, und dann sah er ihr nach, bis sie die Tür hinter sich schloß.

Bach flüsterte nach einem Moment der Stille. »Es ist wahrscheinlich, daß sie sofort einschläft. Das ist auch eine Sache der Anpassungsfähigkeit.«

In gespanntem Schweigen beobachteten sie den schmalen Lichtschlitz unter der Tür. Nach kurzer Zeit erlosch das Licht nebenan.

»Also los«, sagte Scott grimmig. »Bringen wir es hinter uns.«

Er folgte Bach in den benachbarten Raum. Dort, kalt und metallisch, standen die grauen Stahlflaschen mit komprimiertem Gas. Der alte Mann schloß einen bereitliegenden Gummischlauch an die Ventilöffnung einer Flasche, führte ihn zu der Öffnung um das Heizungsrohr, schob ihn behutsam durch und begann den Rest der Öffnung mit nasser Watte zu verstopfen.

Scott wartete noch fünf Minuten, dann wandte er sich seiner Arbeit zu. Er kehrte leise in die Bibliothek zurück und lauschte an der Tür zu Kyras Zimmer. Alles war still. Mit äußerster Vorsicht drückte er auf die Klinke. Die Tür war unverschlossen, denn Kyra war von ihrer Unverwundbarkeit vollkommen überzeugt.

Einen langen Augenblick betrachtete er ihre schlafende Schönheit inmitten der Masse silbrigen Haares auf dem Kopfkissen, dann schlich er auf Zehenspitzen in den Raum und stellte eine kleine Kerze auf den Stuhl am Fenster, so daß sie ungefähr in Höhe des Bettes war, zündete sie mit seinem Feuerzeug an, schlich wieder hinaus und sperrte die Tür ab.

Er machte sich daran, die Türritzen mit Watte zu verstopfen. Es war eine flüchtige Arbeit und weit davon entfernt, luftdicht zu sein. Aber das spielte keine Rolle, sagte er sich, da man der zu ersetzenden Atmosphäre Gelegenheit zum Abziehen geben mußte.

Er kehrte in Bachs Zimmer zurück. »Geben Sie mir noch eine Minute«, flüsterte er. »Dann können Sie das Ventil aufdrehen.«

Er stieg aus dem Fenster in den Garten und bewegte sich an der Hauswand entlang. Die beiden Fenster von Kyras Zimmer waren offen, aber Bach hatte seine Arbeit getan. Beide Rahmen glitten geräuschlos herunter. Er drückte seine Nase gegen das Glas und spähte hinein.

Vor dem anderen Fenster brannte die kleine, ruhige Flamme seiner Kerze. Kyra lag kaum zwei Meter entfernt. Sie schlief auf dem Rücken und hatte nur ein dünnes Laken über sich gebreitet. Er sah ihr ruhiges, gleichmäßiges Atmen.

Eine lange Zeit schien zu vergehen. Zuletzt bildete er sich ein, leises Zischen ausströmenden Gases aus Bachs Fenster zu hören, doch in dem Zimmer, das er beobachtete, war nichts Ungewöhnliches zu bemerken.

Nach einer Weile fing die kleine Kerzenflamme plötzlich zu flackern an. Scott beobachtete sie und sah, daß ihre Farbe sich veränderte. Etwa eine Minute verging, dann wurde die Flamme rasch kleiner und erlosch. Am Docht glühte ein roter Punkt weiter, dann war auch er fort.

Die Kerzenflamme war erstickt. Das bedeutete eine Konzentration von acht bis zehn Prozent Kohlendioxyd in der Raumatmosphäre — viel zu hoch, um normalerweise Leben zu ermöglichen. Doch Kyra lebte. Abgesehen davon, daß ihr Atmen jetzt tiefer zu sein schien, gab sie noch nicht einmal ein Zeichen von Unbehagen zu erkennen. Sie hatte sich dem verminderten Sauerstoffgehalt der Luft schon angepaßt.

Aber diese Fähigkeit mußte bald ihre Grenzen erreichen. Er spähte in die Dunkelheit, und nun sah er, wie ihr Atmen rascher wurde. Es gab keinen Zweifel mehr: Ihre Brust hob und senkte sich in schweren, keuchenden Atemzügen. Die Heftigkeit dieses krampfhaften Atmens mußte sie jeden Moment wecken.

Und so kam es. Plötzlich öffnete sie die Augen. Sie fuhr

mit einer Hand über den Mund, dann an die Kehle. Augenblicklich der Gefahr bewußt, richtete sie sich auf und sprang aus dem Bett. Aber sie mußte vom Schlaf noch benommen sein, denn sie wendete sich zuerst der Tür zu.

Scott bemerkte die Unsicherheit ihrer Bewegungen. Sie drückte auf die Klinke, zerrte daran, flog herum und lief durch den Raum zum Fenster. Sie wankte wie betrunken, aber sie erreichte es. Ihr Gesicht war dem seinen nahe, aber er bezweifelte, daß sie ihn sah, denn ihre Augen waren weit aufgerissen und ängstlich, und sie rang verzweifelt nach Luft. Sie hob ihre Hand, um die Scheibe einzuschlagen; der Schlag landete schwach, das Fenster erzitterte, zerbrach jedoch nicht.

Wieder hob sie ihren Arm, aber der zweite Schlag blieb unausgeführt. Sie stand schwankend, der halb erhobene Arm fiel, ihre Augen trübten sich, dann brach sie in die Knie und kippte schlaff vornüber.

Scott blickte auf seine Uhr und zählte qualvolle fünfzehn Sekunden ab, dann stieß er das Fenster hoch. Das Ausströmen der toten Luft machte ihn schwindeln, und er klammerte sich an den Fensterrahmen. Eine schwache Brise frischer Luft klärte seinen Kopf, und er schwang sich ins Zimmer.

Die Luft war erstickend, aber in der Nähe des offenen Fensters konnte er atmen. Er stieß dreimal mit dem Fuß gegen die Wand zu Bachs Zimmer.

Das Zischen des ausströmenden Gases hörte auf. Scott wartete, bis er den Schlüssel im Schloß knirschen hörte, hob Kyra auf und lief durch den Raum und hinaus in die Bibliothek.

Bach starrte in das reine Gesicht des Mädchens. »Eine überwältigte Göttin«, sagte er. »Es ist etwas Sündhaftes an unserem Tun.«

»Schnell!« schnappte Scott. »Sie ist ohnmächtig, nicht unter Anästhesie. Gott allein weiß, wie bald sie zu sich kommen wird!«

Aber sie hatte das Bewußtsein noch nicht wiedererlangt,

als Scott sie auf den vorbereiteten Operationstisch in Bachs Behandlungszimmer legte und die Gurte um ihre Arme, ihren Körper und um die schlanken bloßen Beine festzog. Er blickte auf ihr unbewegtes Gesicht und das silbrige Haar herab und fühlte, wie sein Herz sich schmerzhaft zusammenzog, als Bach die grelle Operationslampe einschaltete.

»Du hattest recht«, wisperte er dem ohnmächtigen Mädchen zu. »Hätte ich deinen Mut, gäbe es nichts, was wir nicht gemeinsam hätten erreichen können.«

»Nasal?« fragte Bach abrupt. »Oder soll ich trepanieren?«

»Nasal.«

»Aber ich hätte gern die Gelegenheit wahrgenommen, die Zirbeldrüse genauer zu betrachten. Es ist ein einzigartiger Fall und ...«

»Nasal!« wiederholte Scott. »Ich will nicht, daß sie mit einer großen Schädelnarbe herumlaufen muß. Die Nasenscheidewand kann man nähen.«

Bach seufzte und begann. Trotz seiner langen Krankenhauserfahrung mußte Scott bald erkennen, daß er unfähig war, diese Operation zu verfolgen; er reichte dem alten Mann die verlangten Instrumente und assisitierte, wo er gebraucht wurde, aber wenn es möglich war, vermied er es, das Mädchen anzusehen.

»So!« sagte Bach endlich. »Es ist getan.« Er beugte sich noch einmal über das Mädchen, um die vernähten Operationsschnitte zu überprüfen, dann trat er zurück. Zum erstenmal seit Beginn des Eingriffs hatte er Zeit, Kyras Gesichtszüge in Muße zu betrachten.

Er erschrak heftig. Verschwunden war das exquisite aluminiumfarbene Haar, ersetzt durch die dunklen, strähnigen Locken der todkranken Patientin im Krankenhaus! Er schob eines ihrer Augenlider hoch und sah ihre blaßblaue Pupille. Was war von all ihrer Schönheit geblieben? Eine Spur, vielleicht; ein Hauch von Reinheit und Unschuld in ihrem blassen Gesicht und der Modellierung ihrer Züge. Aber eine Flamme war erloschen; sie war keine Göttin mehr, sondern eine Sterbliche — ein gewöhnlicher Mensch. Aus der übermenschlichen Frau war ein leidendes Mädchen geworden, nicht mehr.

Er blickte gedankenvoll auf die wie schlafend liegende Gestalt, als Scotts heisere Stimme ihn aufmerken ließ.

»Wie schön sie ist!« flüsterte der andere.

Bach zog die Brauen hoch. Er begriff auf einmal, daß Scott sie nicht sah, wie sie hier lag, sondern wie sie einmal gewesen war. In seinen Augen, den Augen eines Liebenden, war sie die herrliche Kyra geblieben.

Copyright © 1936 by Better Publications, Inc.

Die Lotosesser

Ham Hammond stieß schnaufend den Atem aus und blickte durch das rechte Bugfenster. »Was für ein Ort für die Hochzeitsreise!«

»Dann hättest du keine Biologin heiraten sollen«, bemerkte Mrs. Hammond über seine Schulter. »Und schon gar nicht die Tochter eines Entdeckers.« Denn Pat Hammond war bis vor vier Wochen noch Patricia Burlingame gewesen, Tochter jenes ganz berühmten Engländers, der einen großen Teil der Zwielichtzone auf der Venus erforscht hatte.

»Ich habe keine Biologin geheiratet«, bemerkte Ham. »Ich habe ein Mädchen geheiratet, das sich zufällig für Biologie interessierte; das ist alles. Es ist eine ihrer wenigen Schattenseiten.«

Er ließ die Raketentriebwerke auslaufen, und das Schiff senkte sich auf seinem Flammenkissen sanft in die schwarze Landschaft, setzte dann mit einem kaum wahrnehmbaren Stoß auf. Hammond schaltete die Triebwerke ganz ab, der Boden unter ihnen neigte sich ein wenig, und eine seltsame Stille löste das Brüllen der Raketenmotoren ab.

»Wir sind hier«, verkündete er.

»Wo ist hier?« fragte Pat.

»Es ist ein Punkt genau hundertzwanzig Kilometer östlich vom englischen Stützpunkt Venoble im kühlen Land. Im Norden liegt, glaube ich, die Fortsetzung der Ewigkeitsberge, und im Süden und Osten ist der Himmel weiß was.«

Pat lachte. »Eine gute Beschreibung des Nirgendwo. Schalte die Innenbeleuchtung aus, damit wir was sehen können.«

Er tat es, und in der Dunkelheit zeigten sich die Aussichtsfenster als schwach erhellte Scheiben.

»Ich schlage vor«, sagte sie, »daß die Expedition in den

Navigationsraum hinaufsteigt, um eine vollkommenere Aussicht zu genießen.«

»Dieses Expeditionsmitglied ist einverstanden«, sagte Ham schmunzelnd. Er lächelte im Dunkeln über die Unbekümmertheit, mit der Pat an die ernsthafte Arbeit heranging. Sie waren tatsächlich eine Expedition, ausgerüstet von der Royal Society und dem Smithsonian Institute und beauftragt, die Bedingungen auf der dunklen Seite der Venus zu untersuchen.

Ham war natürlich nur Mitglied der Expedition, weil seine Frau darauf bestanden hatte; sie war denn auch diejenige, an die die Auftraggeber ihre Fragen, ihre Bedingungen und ihre Instruktionen adressierten.

Und das war nicht mehr als recht und billig, weil Pat die führende Autorität auf dem Gebiet der Fauna und Flora des heißen Landes und darüber hinaus das erste menschliche Kind war, das auf der Venus geboren war, während Ham nur ein Ingenieur war, den der Traum von raschem Reichtum zur Venus gelockt hatte.

Hier hatte er Patricia Burlingame getroffen, und hier hatte er sie nach einer abenteuerlichen Reise zu den Bergen der Ewigkeit gewonnen. Sie hatten in Erotia geheiratet, der amerikanischen Siedlung. Das war vor knapp einem Monat gewesen, und dann war das Angebot gekommen, diese Expedition zur dunklen Seite der Venus zu unternehmen.

Ham hatte sich anfangs gesträubt. Er hatte richtige Flitterwochen auf der Erde haben wollen, aber es gab Schwierigkeiten. Die wichtigste war die astronomische; Venus hatte den erdnächsten Punkt überschritten, und es würde acht lange Monate dauern, bevor ihre langsame Bahn um die Sonne sie wieder in eine Position brächte, aus der eine Raketenverbindung mit der Erde möglich war.

Acht Monate im primitiven, langweiligen Erotia oder im ähnlich primitiven Venoble, wenn sie sich für die englische Niederlassung entschieden, ohne Abwechslung außer der Jagd, ohne Radio, ohne Kino und mit nur sehr wenigen Büchern. Und wenn sie schon jagen mußten, hatte Pat argumentiert, warum dann nicht gleich das Abenteuer des Unbekannten hinzufügen?

Niemand wußte, welche Art von Leben auf der dunklen Seite des Planeten existierte; wenige hatten sie gesehen, und diese wenigen von Raketen aus, die über ausgedehnte Gebirgsketten und weite Ozeane gerast waren. Hier bot sich eine Gelegenheit, das Geheimnis zu lüften und zu erforschen und obendrein dafür bezahlt zu werden.

Nur ein Multimillionär hätte auf eigene Kosten eine Rakete kaufen und ausrüsten können, aber die Royal Society und das Smithsonian Institute waren, da sie Regierungsgelder ausgaben, über solche Betrachtungen erhaben.

Alles das hätte Ham kalt gelassen, aber da das Fassungsvermögen der Forschungsrakete gering war, konnten sie miteinander allein sein, und dieser letzte Punkt hatte ihn gewonnen. So hatten sie zwei geschäftige Wochen mit der Ausrüstung und Verproviantierung der Rakete verbracht, waren nach einigen Verzögerungen gestartet und hatten glücklich die Sturmzone passiert, wo die kalten unteren Luftströmungen von der sonnenabgewandten Seite auf die heißen oberen Luftströmungen treffen, die von der Wüstenseite des Planeten ausgehen.

Denn Venus hat keine Rotation und kennt daher keine abwechselnden Tage und Nächte. Eine Hälfte ist immer der Sonne zugekehrt, die andere immer dunkel, und nur die geringe Axialneigung des Planeten gibt der Zwielichtzone im Lauf des Venusjahres einen schwachen Anschein von wechselnden Jahreszeiten. Diese Zwielichtzone, der einzige bewohnbare Teil des Planeten, grenzt auf der einen Seite mit den »heißen Ländern« an die brennende Wüste, und auf der anderen mit den »kalten Ländern« ziemlich abrupt an die Eisbarriere, wo die heißen Winde von der Tagseite von der kalten Gegenströmung unterwandert werden.

Ham und Pat standen eng beisammen auf der obersten Sprosse der Leiter, vor sich die Navigationsinstrumente und darüber die winzige Panzerglaskuppel, in der für zwei

Menschen kaum Platz genug war. Ham legte seinen Arm um Pat, während sie die Landschaft betrachteten.

Am westlichen Horizont schimmerte der schwache Lichtschein der immerwährenden Dämmerung. Im Norden türmten sich die Ewigkeitsberge in gewaltigen Bastionen auf, die hohen Gipfel in der dichten Wolkendecke verborgen.

Aber ringsumher bot sich eine Szenerie dem Auge dar, die nicht weniger wild und düster war als der Anblick schwarzer, von der Wolkendecke horizontal abgeschnittener Felsburgen. Überall war Eis — Hügel, Türme, Ebenen, Klippen und Blöcke aus Eis, in einem unheimlichen Grün schimmernd, wo sie vom blassen Widerschein des Lichts getroffen wurden, nachtschwarz in den Schatten. Eine Welt ohne Bewegung, gefroren und steril, erfüllt vom Seufzen des Windes.

»Es ist — wunderbar!« murmelte Pat.

»Ja«, stimmte er zu. »Aber kalt, leblos, drohend. Glaubst du, daß es hier Leben gibt, Pat?«

»Ich nehme es an. Wenn auf Welten wie Ganymed und Titan Leben existieren kann, dann sollte es auch hier welches geben. Wie kalt ist es?« Sie warf einen Blick auf die Kontrollskala für die Außentemperatur. »Nur dreißig Grad unter Null. Bei solchen Temperaturen existiert auf der Erde Leben.«

»Existiert, ja. Aber bei Temperaturen unter dem Gefrierpunkt kann es sich nicht entwickelt haben. Das Leben bedarf flüssigen Wassers.«

Sie lachte leise. »Du sprichst mit einer Biologin, Ham. Nein; bei dreißig Grad unter Null konnte sich natürlich kein Leben entwickeln. Aber nehmen wir an, daß es in der Zwielichtzone entstanden und eingewandert ist? Vermutlich nicht freiwillig, das gebe ich zu, aber vielleicht wurden manche Lebensformen durch den harten Wettbewerb in den wärmeren Regionen hierher verdrängt. Du weißt genau, wie die Bedingungen dort sind — alle fressen einander auf.«

Er dachte darüber nach. »Was für Lebensformen würdest du erwarten?«

Sie lachte. »Willst du eine Voraussage? Nun, meinetwegen. Als Grundlage irgendeine Art von Vegetation, würde ich sagen, denn tierisches Leben kann sich nicht allein durch seinesgleichen und ohne zusätzlichen Brennstoff erhalten. Es ist wie die Geschichte von dem Mann mit der Katzenfarm, der Ratten aufzog, um die Katzen zu füttern, und dann, wenn er die Katzen abgehäutet hatte, ihre Körper an die Ratten verfütterte, um mit den Ratten dann wieder die Katzen zu ernähren. Es klingt gut, aber es funktioniert nicht.«

»Also müßte es eine Art von Vegetation geben. Und dann was?«

»Dann? Wer weiß? Vielleicht kam das Leben auf der dunklen Seite, wenn es existiert, ursprünglich aus der nahen Zwielichtzone und wurde von besonders anpassungsfähigen Arten repräsentiert, aber was im Laufe der Zeit daraus geworden ist, kann niemand sagen. Natürlich gibt es da den *triops noctivivans,* den ich in den Ewigkeitsbergen entdeckte ...«

»Den du entdecktest!« Er lachte. »Du warst weg wie eine Leiche, als ich dich aus dem Teufelsnest herausholte! Du hast nicht mal einen gesehen!«

»Ich untersuchte das tote Exemplar, das die Jäger nach Venoble brachten«, entgegnete sie unerschütterlich. »Und vergiß nicht, daß man es nach mir benennen wollte — den *triops patriciae.* Aber ich wählte den anderen Namen — *triops noctivivans,* den dreiäugigen Bewohner des Dunkels.«

»Ein romantischer Name für eine teuflische Bestie!«

»Ja; aber was ich sagen wollte, ist, daß die Triops — oder Triopses —, sag mal, wie ist der Plural von Triops?«

»Trioptes«, sagte er. »Lateinischer Wortstamm.«

»Nun, es ist wahrscheinlich, daß die Trioptes zu den Lebewesen gehören, die hier auf der Nachtseite vorkommen, und daß die wilden Bestien, die uns in jener dunklen

Schlucht in den Ewigkeitsbergen angriffen, ein Vorposten sind, Grenzbewohner, die sich in den dunklen und sonnenlosen Gebirgstälern allmählich in die Zwielichtzone vorarbeiten. Sie können Licht nicht ertragen; du hast es selbst gesehen.«

»Na und?«

»Darum argumentiere ich, daß es hier auf der Nachtseite Leben gegeben haben muß, bevor der Triops oder seine Vorfahren eintrafen. Sie müssen hier etwas zu essen gefunden haben, sonst hätten sie nicht überleben können. Und da meine Untersuchung zeigte, daß der Triops zum überwiegenden Teil Fleischfresser ist, muß es hier nicht nur pflanzliches, sondern auch tierisches Leben gegeben haben. Bis zu diesem Punkt kann man folgern.«

»Du kannst also keine Schlüsse auf die Art des tierischen Lebens ziehen? Meinst du, daß es vielleicht intelligente Lebensformen gibt?«

»Ich weiß es nicht. Es könnte sein. Aber trotz der Art und Weise, wir ihr Yankees die Intelligenz verehrt, biologisch ist sie unwichtig. Sie hat nicht mal einen hohen Überlebenswert.«

»Was? Wie kannst du das denn sagen, Pat? Was, außer der Intelligenz, hat dem Menschen die Vorherrschaft auf der Erde gegeben — und auf der Venus, was das dann angeht?«

»Aber hat der Mensch die Vorherrschaft auf der Erde? Ich will dir sagen, Ham, wie ich das verstehe. Ein Gorilla hat ein weitaus besseres Gehirn als eine Schildkröte, nicht wahr? Aber wer ist erfolgreicher — der Gorilla, der im Aussterben begriffen und auf ein kleines Lebensgebiet in Zentralafrika beschränkt ist, oder die Schildkröte, die in allen wärmeren Ländern und im Meer vorkommt? Und was den Menschen betrifft — nun, wenn du mikroskopische Augen hättest und jedes lebende Wesen auf der Erde sehen könntest, würdest du zu dem Schluß kommen, daß der Mensch eine ziemlich seltene Spezies ist und daß der Planet in Wirklichkeit eine Welt der Würmer und Insekten ist, denn ihre Zahl ist bei weitem höher als die aller anderen Lebensformen zusammengenommen.«

»Aber das ist nicht Vorherrschaft, Pat.«

»Das habe ich nicht gesagt. Ich sagte bloß, daß die Intelligenz keinen hohen Überlebenswert hat. Sieh dir die Insekten an. Sie haben keine Intelligenz, nur Instinkt, aber sie liefern der menschlichen Rasse einen ständigen Kampf. Der Mensch hat ein besseres Gehirn als die Bohrkäfer, Moskitos, Bremsen, Heuschrecken und alle die anderen Plagegeister, und doch bestehen sie gegen unsere Intelligenz mit nur einer Waffe — ihrer enormen Fruchtbarkeit.«

»Das alles klingt recht vernünftig, aber was hat es mit Intelligenz auf der dunklen Seite der Venus zu tun?«

»Ich weiß es nicht«, erwiderte Pat, und ihre Stimme nahm einen Unterton von Nervosität an. »Ich meine bloß — sieh es so an, Ham. Eine Eidechse ist intelligenter als ein Fisch, aber nicht genug, um ihr einen entscheidenden Vorteil zu geben. Warum fuhren die Eidechse und ihre Abkömmlinge dann fort, Intelligenz zu entwickeln? Warum — wenn nicht alles Leben die Tendenz hat, mit der Zeit intelligent zu werden? Und wenn das wahr ist, dann mag es sogar hier Intelligenz geben; fremdartige, unverständliche Intelligenz.«

Sie erschauerte in der Dunkelheit, dann sagte sie mit plötzlich veränderter Stimme: »Mach dir nichts daraus. Wahrscheinlich ist es bloß Einbildung. Die Welt dort draußen ist so unheimlich, so unirdisch. Und ich bin müde, Ham. Es war ein langer und anstrengender Tag.«

Er folgte ihr abwärts in den Rumpf der Rakete. Als die Lampen aufstrahlten, wurde die Eislandschaft jenseits der Bullaugen ausgelöscht, und er sah nur noch Pat, seine junge, liebliche Frau.

»Morgen, dann«, sagte er. »Wir haben Lebensmittel für drei Wochen.«

Morgen bedeutete natürlich nur einen zeitlichen Begriff und nicht Tageslicht. Als sie aufstanden, herrschte draußen die gleiche Dunkelheit, die schon immer die sonnenlose Hälfte der Venus eingehüllt hatte, gemildert nur durch den gleichfalls ewigen Lichtstreif am Horizont. Aber Pat war ausgeruht und in besserer Stimmung und machte sich eifrig an die Vorbereitungen zu ihrem ersten Ausflug ins Freie. Sie holte die dick wattierten und außen durch zähes Gummigewebe geschützten Isolieranzüge heraus, während Ham in seiner Eigenschaft als Ingenieur die Helme überprüfte, die ähnlich wie Grubenhelme mit lichtstarken Lampen ausgerüstet waren.

Diese waren in erster Linie zur Erleichterung der Sicht gedacht, erfüllten aber noch einen anderen Zweck. Es war bekannt, daß die unglaublich wilden Trioptes kein Licht ertragen konnten, und wenn man alle vier an den Helm montierten Lampen einschaltete, konnte man sich selbst in gefährdetem Gebiet sicher bewegen, geschützt von einem intensiven Lichthof. Aber das hinderte sie nicht daran, zwei automatische Pistolen und zwei der schweren aber ungemein wirksamen Flammenwerferpistolen mitzunehmen. Und Pat schnallte sich einen Beutel um, in dem sie Muster etwaiger Pflanzen und kleiner, ungefährlicher Tiere unterbringen wollte. Sie grinsten einander durch die runden Gläser der Atemmasken an.

»Der Anzug macht dich fett«, bemerkte Ham boshaft und lachte über ihren ärgerlichen Blick. Sie drehte sich um, öffnete die Tür und kletterte hinaus.

Es war anders, als durch ein Bullauge hinauszuschauen. Dort hatte die Szenerie etwas von der Unwirklichkeit und alles von der Unbeweglichkeit und Stille eines Bildes gehabt, doch jetzt war die Landschaft plötzlich um sie, und der kalte Atem und die traurige Stimme des Windes bewiesen deutlich genug, daß diese Welt wirklich war. Einen Moment blieben sie im Lichtkreis der Fenster stehen und starrten von Ehrfurcht ergriffen zum Horizont, wo die schwarzen Felsmauern der Gebirgskette aus der Eislandschaft stiegen und einige tausend Meter höher in die Wolken eintauchten, eine unüberwindliche Barriere am Ende der Welt.

Sie standen inmitten einer öden Ebene, aus der sich kleinere Spitzen, Hügelkämme, Minarette und Türme aus Eis und Gestein in phantastischen und bizarren Formen erhoben, modelliert von der ungebärdigen Kunst des einschneidenden Windes.

Ham legte seinen dick gepolsterten Arm um Pats Schultern und war erstaunt, sie erschauern zu fühlen. »Kalt?« fragte er und blickte auf das Zeigerthermometer an seinem Handgelenk. »Nur vierunddreißig Grad.«

»Es ist nicht die Kälte«, antwortete Pat. »Es ist die Szenerie; das ist alles.« Sie bewegte sich von ihm fort. »Ich frage mich, warum es nicht kälter ist. Ohne Sonnenlicht sollte man meinen ...«

»Das wäre ein Irrtum«, unterbrach Ham. »Sechs- oder siebentausend Meter über uns herrschen in dieser Gegend noch die warmen Oberwinde vor. Es findet eine Diffusion der warmen Luft in die kalte statt, und außerdem neigt die abkühlende Warmluft zum Absinken. Ferner darfst du nicht vergessen, daß wir hier eine sehr dichte und wolkenreiche Atmosphäre haben, die die Oberfläche des Planeten gegen die Weltraumkälte abschirmt.«

Er machte eine Pause, dann fuhr er nachdenklich fort: »Übrigens sollte es mich nicht wundern, wenn wir am Fuße der Berge, wo es warme Abwinde gibt, Stellen finden würden, wo ein einigermaßen erträgliches Klima herrscht.«

Er folgte Pat, die am Rand des Lichtkreises von der Rakete zwischen den Blöcken herumstocherte.

»Ha!« rief sie nach kurzer Zeit. »Da haben wir es, Ham! Da ist unser Musterexemplar von pflanzlichem Leben auf der Dunkelseite!«

Sie stand über eine graue, knollige Masse gebeugt. »Flechtenartig oder fungid«, fuhr sie fort. »Keine Blätter natürlich; Blätter sind nur nützlich, wo es Sonnenlicht gibt. Aus dem gleichen Grunde wird auch kein Chlorophyll produziert. Eine sehr primitive, sehr einfache Pflanze, und doch in mancher Hinsicht durchaus nicht einfach. Schau her, Ham — ein hochentwickeltes Zirkulationssystem!«

Auch er beugte sich über den Fund, und im gelben Licht aus den Bullaugenfenstern sah er das feine Adergewebe, auf das sie zeigte.

»Das würde auf eine Art Herz hinweisen — ich frage mich!« Und sie hielt ihr Zeigerthermometer einen Moment gegen die fleischige Masse, um es dann ins Licht zu heben. »Ja! Siehst du, wie die Nadel sich bewegt hat, Ham? Das Ding ist warm! Eine warmblütige Pflanze. Und wenn du darüber nachdenkst, ist es ganz natürlich, weil das die einzige Art pflanzlichen Lebens ist, die in einer Region immerwährenden Frostes leben kann.«

Sie zerrte an dem Ding, und mit einem schmatzenden Geräusch löste es sich vom Untergrund, und dunkle Flüssigkeitstropfen quollen aus der abgerissenen Wurzel.

»Pfui!« sagte Ham. »Was für ein ekelhaftes Ding!«

Er verstummte. Ein leises, pulsierendes Gewimmer kam aus der zitternden grauen Masse, und er warf Pat einen erschrockenen Blick zu. »Pfui!« sagte er wieder. »Abscheulich!«

»Abscheulich? Wieso, es ist doch ein schöner Organismus! Ein Musterbeispiel perfekter Anpassung an seine Umgebung.«

»Ich bin froh, daß ich kein Biologe bin«, meinte er und sah Pat zu, wie sie die Tür der Rakete öffnete und das Ding auf einen Gummiabstreifer im Innern legte. »Komm mit. Sehen wir uns weiter um.«

Sie schloß die Tür und folgte ihm. Nach fünfzig Schritten hüllte die Nacht sie ein, und nur durch wiederholtes Zurückblicken zu den Lichtern des Fahrzeugs konnte Pat sich selbst überzeugen, daß sie in einer realen Welt waren.

»Ich glaube, wir sollten lieber unsere Helmlampen einschalten«, meinte Ham. »Sonst riskieren wir einen Beinbruch.«

Bevor sie zustimmen konnte, stach ein Geräusch durch das Stöhnen des Windes in ihre Ohren, ein wildes, unirdisches Kreischen wie Höllengelächter. Heulende Töne und Schnalzlaute folgten.

»Trioptes!« keuchte Pat entsetzt.

Sie fühlte Angst; gewöhnlich war sie nicht weniger mutig als Ham und sogar noch leichtsinniger und draufgängerischer, aber diese unheimlichen Schreie brachten ihr jene schrecklichen Augenblicke in Erinnerung, als sie in der Gebirgsschlucht gefangen gewesen war. Sie war erschrocken und ängstlich und fummelte verzweifelt nach Lichtschalter und Revolver.

Gerade als ein halbes Dutzend Steine schnell wie Geschosse vorbeizischten und einer schmerzhaft Hams Arm traf, schaltete er seine Helmlampen ein. Vier Lichtkegel schossen in Kreuzform über glitzerndes Eis und kahlen Fels, und das kreischende Gelächter erhob sich in einem Crescendo des Schmerzes zu gellendem Geschnatter. Einen Augenblick sah er schemenhafte Gestalten hinter Eisspitzen und Blöcken verschwinden. Dann war es still.

»O-o-o-h!« murmelte Pat. »Eben hatte ich wirklich Angst, Ham!«

Weit entfernt wiederholte sich das höllische Gelächter. »Ich möchte wissen«, überlegte Ham, »ob diese Geräusche ihre Sprache sind.«

»Sehr wahrscheinlich. Schließlich sind die Eingeborenen des heißen Landes intelligent, und diese Kreaturen hier sind eine verwandte Rasse. Außerdem werfen sie mit Steinen, und sie wissen über die Wirkung jener stinkenden, erstikkenden Schoten Bescheid, mit denen sie uns in der Schlucht bombardierten. Übrigens muß es sich dabei um die Früchte einer auf der Nachtseite heimischen Pflanze handeln. Die Trioptes sind ohne Zweifel intelligent, in einer wilden, blutdürstigen, barbarischen Weise, aber sie sind so unzugänglich, daß ich bezweifle, ob es je einem Menschen gelingen wird, etwas über ihre Intelligenz oder Sprache zu lernen.«

Ham nickte in voller Übereinstimmung, und das um so mehr, als ein geschleuderter Felsbrocken keine zehn Schritte von ihm entfernt gegen eine Eisbarriere krachte und glitzernde Fragmente herausschlug. Er wandte den Kopf in die

Flugrichtung des unvermuteten Geschosses, und ein schrilles Gekakel antwortete aus der Dunkelheit.

»Glücklicherweise halten die Lampen sie auf Distanz«, murmelte er. »Nicht auszudenken, was sie machen würden, wenn wir im Dunkeln gingen.«

Pat hatte inzwischen auch ihre Helmlampen eingeschaltet und war wieder auf der Suche nach Mustern der Fauna und Flora. Gewandt stieg sie zwischen den bizarren Monumenten aus Stein und Eis herum, die die Ebene bedeckten. Ham folgte ihr und sah zu, wie sie blutende und wimmernde Vegetation ausriß. Im Laufe einer Stunde fand sie ein Dutzend verschiedene Arten und eine kleine, zigarrenförmige, sich ringelnde Kreatur, von der sie nicht zu sagen wußte, ob es eine Pflanze, ein Tier oder keins von beiden war. Schließlich war ihr Musterbeutel gefüllt, und sie kehrten über die Ebene zur Rakete zurück, deren Bullaugen von ferne wie eine Reihe starrender Augen glühten.

Als sie die Tür öffneten, erwartete sie ein Schock. Stickigwarme, faulige und nicht atembare Luft schlug ihnen entgegen, daß sie unwillkürlich zurückschauderten.

»Was ...?« keuchte Ham, und dann lachte er auf. »Deine widerliche Warmblutpflanze! Sieh sie dir an!«

Die Pflanze, die sie zuvor hineingebracht hatte, war eine schleimige, faulige Masse geworden. In der Wärme des Innern hatte sie sich rapide zersetzt und war nun ein breiiger Haufen auf der Gummimatte. Pat zog die Matte durch den Eingang heraus und warf sie zusammen mit ihrem Fundstück fort.

Sie kletterten in das immer noch stinkende Innere, und Ham setzte die Luftreinigungsanlage in Betrieb. Dann schloß er die Tür gegen die Kälte, nahm seinen Helm ab und grinste Pat an.

»Das ist also dein schöner Organismus!« schmunzelte er.

»Es war ein schöner Organismus, Ham. Du kannst ihm keinen Vorwurf machen, denn wir haben ihn Temperaturen ausgesetzt, für die er nie geschaffen war.« Sie seufzte und warf ihren Beutel auf den kleinen Kajütentisch. »Ich muß diese Dinge sofort präparieren, weil sie sich nicht halten.«

Ham grunzte und machte sich an die Bereitung des Essens. Zwischendurch blickte er zu Pat hinüber, die ihren Musterexemplaren eine Bichloridlösung injizierte.

»Glaubst du«, fragte er nach einer Weile, »daß der Triops die höchste Lebensform auf der dunklen Seite ist?«

»Ohne Zweifel«, erwiderte Pat. »Wenn es eine höhere entwickelte Lebensform gäbe, hätte sie diese teuflischen Bestien schon vor langer Zeit ausgerottet.«

Aber darin irrte sie gründlich.

Nach vier Tagen hatten sie die Möglichkeiten der Ebene rings um die Rakete erschöpft. Pat hatte eine kleine Sammlung von verschiedenen Lebewesen präpariert, und Ham hatte ein Programm von Temperatur- und Windmessungen abgeschlossen.

So verlegten sie ihre Basis, und die Rakete donnerte auf die geheimnisvollen Ewigkeitsberge zu. Zweimal machten sie halt, und beide Male genügte ein Tag, um ihnen zu zeigen, daß die jeweilige Region der ihres ersten Standorts ähnelte.

Aber beim dritten Versuch war es anders. Sie landeten auf einem wilden und kahlen Plateau inmitten der Vorberge. Weit im Westen schimmerte der Horizont immer noch wie im späten Abglanz eines Sonnenunterganges, aber es war nur ein kleines Stück; weiter nach Süden hin war der ferne Horizont von schwarzen Bergketten verdeckt. Die Nähe der hohen Berge war nur zu ahnen; schon die kahlen Kämme der Vorberge streiften die Wolken, und ein feiner Regen aus Eiskristallen ging auf das zerklüftete Land nieder.

Bald merkten Ham und Pat noch an einem anderen Indiz, daß die mächtigen Gipfel gegenwärtig waren. Die Gegend war warm. Nicht warm wie die Zwielichtzone, aber viel wärmer als die Ebene unten. Das Kontrollinstrument für die Außentemperatur zeigte —10 Grad. Die Warmluft der höheren Atmosphäre staute sich an der Gebirgsmauer, wurde heruntergedrückt und verdrängte die kalte Unterströmung aus den vorgelagerten Tälern.

Ham starrte verdrießlich auf den Teil des Plateaus, der im Lichtschein sichtbar war. »Gefällt mir nicht«, grunzte er. »Ich habe diese Berge noch nie gemocht, schon damals nicht, als du dich mit dem Versuch lächerlich machtest, sie weiter westlich im kühlen Land zu überqueren.«

»Lächerlich?« echote Pat. »Wer hat diesem Gebirge den Namen gegeben? Wer hat es entdeckt und als erster Mensch überquert? Mein Vater, falls dir das entfallen sein sollte!«

»Und du dachtest, du hättest diese verdammten Berge von ihm geerbt«, gab er zurück. »Bildetest dir ein, du brauchtest bloß zu pfeifen, und sie würden sich hinlegen und tot spielen, und der Paß des Verrückten würde sich in eine Parkpromenade verwandeln. Mit dem Resultat, daß du jetzt ein Haufen sauber abgenagter Knochen wärst, wenn ich nicht in der Nähe gewesen wäre, um dich herauszutragen.«

»Ah, du bist ein richtiger furchtsamer Yankee. Ich gehe hinaus, um die Gegend zu erkunden.« Sie zog ihren Isolieranzug an, setzte den Helm auf und trat an die Tür, wo sie stehenblieb. »Willst du ... willst du nicht mitkommen?« fragte sie zögernd.

Er grinste. »Klar! Ich wollte dich nur fragen hören.« Er zwängte sich in seine Ausrüstung und folgte ihr.

Es gab einen Unterschied hier. Auf den ersten Blick bot das Plateau den gleichen Anblick einer öden Wildnis aus Eis und Fels. Es gab von Winderosion zerfressene Stein- und Eisgebilde der seltsamsten Formen, und die wilde Landschaft, die im Schein ihrer Lampen glitzerte, war das gleiche bizarr-arktische Terrain, das sie zuerst angetroffen hatten.

Aber die Kälte hier war weniger bitter, die Vegetation weniger spärlich. Überall waren die knollenförmigen, geäderten Gewächse, und Ham mußte beim Gehen achtgeben, wenn er nicht die unangenehme Erfahrung wiederholen wollte, auf eins zu treten und sein schmerzliches Gewimmer zu hören. Pat hatte keine solchen Skrupel und bestand darauf, daß das Wimmern nichts weiter sei als ein Tropismus; daß die Musterexemplare, die sie ausriß und sezierte, nicht mehr Schmerz fühlten als ein Apfel, der gegessen wurde; und daß es überhaupt Aufgabe des Biologen sei, in erster Linie Biologe zu sein.

Irgendwo zwischen den Fels- und Eisterrassen schrillte das Höllenlachen eines Triops, und in den sich ständig verschiebenden Schatten an den Enden ihrer Lichtkegel glaubte Ham mehr als einmal die Gestalten dieser Dämonen des Dunkels zu sehen. Wenn sie da waren, hielt das Licht sie jedenfalls in sicherer Distanz, denn keine Steine zischten vorbei.

Doch es war ein sonderbares Gefühl, sich im Zentrum eines Lichtscheins fortzubewegen; er hatte ständig das Gefühl, daß unmittelbar jenseits der Grenze der Sichtbarkeit gespenstische und unglaubliche Kreaturen lauerten, obwohl die Vernunft ihm sagte, daß solche Ungeheuer nicht unentdeckt bleiben konnten.

Vor ihnen glitten die Lichtkegel über eine schimmernde Eisterrasse, die sich quer zu ihrem Weg nach rechts und links erstreckte.

Pat blieb plötzlich stehen und zeigte hin. »Da!« rief sie und drehte den Kopf so, daß das Licht ihrer Stirnlampe in die Richtung ihres ausgestreckten Armes wies. »Höhlen im Eis. Oder Baue. Siehst du sie?«

Er sah — kleine dunkle Öffnungen, gerade groß genug, wie es schien, daß ein Mann hineinkriechen könnte, eine ganze Reihe im Fuß der Eisterrasse. Etwas Dunkles huschte mit unmenschlich gellendem Gelächter die glasige Steilwand hinauf und fort — ein Triops. Waren dies die Baue der Bestien? Ham kniff die Lider zusammen und spähte scharf hin.

»Da ist was!« sagte er zu Pat. »Mehrere von diesen Öffnungen haben etwas vor sich — oder sind es nur Felsblökke, die den Zugang versperren sollen?«

Vorsichtig, die automatischen Pistolen gezückt, gingen sie vorwärts. Sie machten keine Bewegung aus, aber in der zunehmenden Intensität des Lichts sahen die Objekte immer weniger wie Felsblöcke aus, und schließlich enthüllten sie sich als die fleischigen Knollen lebender Pflanzen.

Immerhin gehörten diese Lebewesen einer neuen Gattung an. Ham konnte eine Reihe augenähnlicher Flecken sehen, und kurz darauf eine Vielzahl von Beinen unter ihnen. Die Dinger sahen wie umgedrehte Scheffelkörbe aus, geädert, schwammig, bis auf einen vollständigen Ring von Augenflecken ungegliedert. Und dann konnte er sogar die halbtransparenten Lider sehen, die sich anscheinend zum Schutz der Augen gegen das schmerzhaft grelle Licht schlossen.

Sie verhielten ungefähr vier Meter vor einem der Lebewesen. Nach einem Moment des Zögerns ging Pat direkt an das bewegungslose Ding heran.

»Sieh da!« sagte sie. »Eine neue Sorte, Ham. Hallo, alter Freund!«

Im nächsten Augenblick erstarrten sie in sprachloser Konsternation, völlig überwältigt von Verblüffung und Verwirrung. Aus einer Membrane an der Oberseite des Lebewesens kam eine hohe, knackende Stimme.

»Hallo, alter Freund!« sagte es.

Eine entsetzte Stille folgte. Ham hielt seine Pistole, aber wäre es nötig gewesen, hätte er sie nicht einsetzen können. Er hatte sie sogar vergessen. Er war gelähmt.

Pat fand ihre Stimme wieder. »Es — es ist nicht wirklich«, sagte sie schwach. »Es ist ein Tropismus. Das Ding gibt nur ein Echo der Töne, die es gerade treffen. Meinst du nicht, Ham? Glaubst du nicht?«

Er starrte auf die geschlossenen Augen. »So muß es sein. Paß auf!« Er beugte sich vorwärts und rief: »Hallo!« Dann richtete er sich auf. »Es wird antworten.«

Das tat es. »Es ist nicht ein Tropismus«, knackte die schrille Stimme in perfekter Aussprache.

»Das ist kein Echo!« keuchte Pat. Sie wich zurück. »Ich

fürchte mich«, wimmerte sie und zerrte an Hams Arm. »Komm fort — schnell!«

Er schob sie hinter sich. »Ich bin ja nur ein furchtsamer Yankee«, grunzte er, »aber ich werde diesen lebenden Phonographen ausfragen, bis ich weiß, was dahintersteckt — oder wer!«

»Nein! Nein, Ham! Ich fürchte mich!«

»Es sieht nicht gefährlich aus«, bemerkte er.

»Es ist nicht gefährlich«, bemerkte das Ding auf dem Eis.

Ham glotzte und schluckte, und Pat gab ein entsetztes Stöhnen von sich.

»Wer... wer bist du?« stammelte Ham respektsvoll.

Er bekam keine Antwort.

»Was bist du?« versuchte er es von neuem.

Wieder keine Antwort.

»Woher kennst du unsere Sprache?« fragte er.

Die hohe Stimme erklang. »Ich kenne keine Sprache.«

»Du sprichst aber unsere Sprache. Warum?«

»Du sprichst deine Sprache«, erklärte das Mysterium logisch genug.

»Ich meine nicht, warum. Ich meine, wie?«

Aber Pat hatte ihr Entsetzen zum Teil überwunden, und ihr scharfer Verstand begann zu begreifen. »Ham«, flüsterte sie angespannt, »es gebraucht unsere Worte. Es übernimmt die Bedeutung von uns!«

»Ich übernimm die Bedeutung von dir«, bestätigte das Ding grammatisch nicht ganz einwandfrei.

Ham dämmerte ein Licht. »Mein Gott!« murmelte er ergriffen. »Dann ist es an uns, ihm ein Vokabular zu geben.«

»Du sprichst, ich sprich«, schlug das Wesen vor.

»Klar! Siehst du, Pat? Wir können alles sagen.« Er machte eine Pause. »Sehen wir mal — Wenn im Laufe des menschlichen Lebens der Tag kommt ...«

»Sei still!« unterbrach Pat. »Das muß man methodisch anpacken!«

Ham grinste und schwieg, während Pat anfing, Märchen zu erzählen. Als ihre Stimmbänder und ihr Gedächtnis erschöpft waren, fing er an: »Es waren einmal drei kleine braune Bären ...«

Und so ging es weiter. Plötzlich kam ihm die phantastische Lächerlichkeit der Situation zu Bewußtsein: Da hockte Pat und erzählte einer humorlosen Monstrosität von der Nachtseite der Venus sorgfältig das Märchen von Rotkäppchen! Seine Frau warf ihm einen erschrockenen Blick zu, als er unvermittelt von einem wilden Lachanfall geschüttelt wurde.

»Erzähl ihm doch den Witz von dem Vertreter und der Farmerstochter!« prustete er. »Sieh zu, ob du ein Lächeln von ihm kriegen kannst!«

Sie stimmte in sein Gelächter ein. »Aber es ist eine ernsthafte Angelegenheit, Ham!«, sagte sie, sich wieder fassend. »Du mußt dir klarmachen, was es bedeutet! Intelligentes Leben auf der dunklen Seite!« Sie wandte sich an das Ding auf dem Eis. »Bist du intelligent?«

»Ich bin intelligent«, versicherte es.

»Jedenfalls bist du ein genialer Linguist!« sagte Pat. »Hast du schon mal gehört, Ham, daß jemand in einer halben Stunde eine Fremdsprache gelernt hätte? Stell dir das vor!« All ihre Furcht vor dem Lebewesen war verflogen; sie schaute es mit einem begeisterten und fast zärtlichen Ausdruck an.

»Also, versuchen wir eine Unterhaltung«, beschloß Ham. »Wie ist dein Name, Freund?«

Er bekam keine Antwort.

»Natürlich«, warf Pat ein. »Er kann uns seinen Namen nicht in unserer Sprache sagen, bevor wir ihn nennen, und das können wir nicht, weil ... ach, nennen wir ihn einfach Oskar. Das wird genügen.«

»Gut. Dein Name ist also Oskar, Freund. Was bist du?«

»Menschlich, ich bin ein Mensch.«

»Was? Ich will verdammt sein, wenn du einer bist!«

»Das sind die Worte, die du mir gegeben hast. Für mich bin ich ein Mensch für dich.«

»Augenblick. ›Für mich bin ich ein ...‹ Ich sehe, Pat. Er

meint, daß die einzigen Worte, die wir für das haben, als das er sich betrachtet, Worte wie Mensch und menschlich sind. Nun, was sind deine Leute dann?«

»Leute.«

»Ich meine, deine Rasse. Was für eine Rasse bist du?«

»Menschlich.«

»Au!« ächzte Ham. »Versuch du dein Glück, Pat.«

»Oskar«, sagte die junge Frau, »du sagst, du seist menschlich. Bist du ein Säuger?«

»Für mich der Mensch ist ein Säuger für dich.«

»Ach du lieber Himmel!« Sie versuchte es von neuem. »Oskar, wie reproduziert sich deine Rasse?«

»Ich habe nicht die Worte.«

»Bist du geboren?«

Der gesichtslose Körper des Wesens veränderte sich ein wenig. Schwere Lider oder Hautfalten senkten sich über die halbtransparenten Lider, die die vielen Augen schützten; es war beinahe, als ob das Ding konzentriert nachdächte.

»Ich bin nicht geboren«, knackte es.

»Wie bist du dann entstanden ... Samen? Sporen! Teilung?«

»Sporen«, schrillte Oskar, »und Teilung.«

»Aber ...«

Sie verstummte verdutzt, um die Neuigkeit zu verdauen. Durch die momentane Stille drang das spöttische Schnattern eines Triops weit zu ihrer Linken, und beide drehten unwillkürlich die Köpfe, starrten und sprangen entgeistert auf. Am äußersten Rand ihres Lampenbereichs hatte einer der lachenden Dämone etwas gepackt, das ohne Zweifel ein Höhlenbewohner war, und schleppte es nun fort. Um den Schrecken noch zu vergrößern, blieben alle anderen Troglodyten in völliger Gleichgültigkeit vor ihren Bauen sitzen.

»Oskar!« schrie Pat. »Sie haben einen von deinen Leuten geholt!«

Das Krachen von Hams Pistole löschte ihr letztes Wort

aus, aber es war ein Fehlschuß. Der Triops verschwand mit seiner Beute in der Dunkelheit.

»Ooh!« keuchte Pat. »Die Teufel! Sie haben einen!«

Die Kreatur vor ihnen gab keinen Kommentar. »Oskar!« rief sie erregt. »Ist es dir denn ganz egal? Sie haben einen der deinen ermordet! Verstehst du nicht?«

»Ja.«

»Aber... macht es dir gar nichts aus?«

»Nein.«

»Aber warum laßt ihr euch von diesen Teufeln ermorden?«

»Sie essen uns«, sagte Oskar ruhig.

»Oh!« schnaufte Pat entsetzt. »Aber... aber warum laßt ihr...?«

Sie brach ab; Oskar zog sich langsam und methodisch in seinen Bau zurück.

»Warte!« rief sie. »Sie können nicht herkommen! Unsere Lichter...«

Die knackende hohe Stimme sagte: »Es ist kalt. Ich gehe wegen der Kälte.«

Es wurde still. Oskar verschwand in seinem Bau.

Es war kälter geworden. Der kalte Unterwind war vorübergehend durchgedrungen, und seine eisigen Böen pfiffen über das Plateau. Pat sah, daß alle anderen Höhlenkreaturen wie Oskar in ihre Löcher zurückglitten. Sie warf Ham einen hilflosen Blick zu.

»Habe ich ... das alles geträumt?« flüsterte sie.

»Dann haben wir beide dasselbe geträumt, Pat.« Er nahm ihren Arm und zog sie mit sich fort, zurück zur Rakete, deren runde Fensteröffnungen einladend durch die Finsternis glommen.

Aber in der warmen Kajüte, des schweren Isolieranzugs entledigt, zündete Pat sich eine Zigarette an und begann das Geheimnis rationaler zu betrachten.

»Da ist etwas an der Sache, das wir nicht verstehen, Ham. Ist dir an Oskars Intelligenz etwas aufgefallen?«

»Er hat eine unheimlich rasche Auffassungsgabe.«

»Ja; seine Intelligenz hat menschliches Niveau, oder sogar höheres. Aber es ist keine menschliche Intelligenz. Sie ist irgendwie anders, fremdartig, seltsam. Ich kann schwer ausdrücken, was für ein Gefühl ich hatte, aber hast du gemerkt, daß Oskar keine Fragen gestellt hat? Nicht eine!«

»Richtig. Das ist komisch!«

»Es ist sehr komisch. Jede menschliche Intelligenz, die einer anderen denkenden Lebensform begegnet, würde viele Fragen stellen, etwa so wie wir es getan haben. Und das ist nicht alles. Diese ... diese Indifferenz, als der Triops seinen Gefährten angriff — war das menschlich oder auch nur irdisch? Töte einen Spatzen, und der ganze Schwarm gerät in helle Aufregung.«

»Das ist wahr. Verdammt komische Leute, diese Mitbürger von Oskar. Komische Viecher.«

»Viecher? Sag bloß nicht, du hättest es nicht gemerkt, Ham!«

»Was soll ich gemerkt haben?«

»Oskar ist kein Tier. Er ist eine Pflanze — eine warmblütige, bewegliche Pflanze! Die ganze Zeit, während wir mit ihm sprachen, hat er mit seiner — nun, seiner Wurzel unter sich herumgewühlt. Und diese Dinger, die zuerst wie Beine aussahen — das waren Schoten. Er ging nicht auf ihnen. Er zog sich an seiner Wurzel vorwärts. Und was noch mehr ist, er ...«

»Was?«

»Was noch mehr ist, Ham, diese Schoten waren von der gleichen Art wie jene, mit denen uns die Trioptes in der Schlucht bewarfen und die uns so zu schaffen machten ...«

»Du meinst, die dich so schnell von den Füßen gebracht haben.«

»Jedenfalls hatte ich genug Verstand, sie zu bemerken!« gab sie errötend zurück. »Aber da liegt ein Teil des Geheimnisses, Ham. Oskars Denken ist das Denken einer Pflanze!«

Sie paffte an ihrer Zigarette, während er seine Pfeife stopfte. »Meinst du«, fragte sie plötzlich, »daß Oskar und seine Rassegenossen eine Bedrohung für die menschliche Besiedlung der Venus darstellen? Natürlich sind sie Bewohner der dunklen Seite, aber angenommen, es würden hier große Bodenschätze entdeckt, und das Gebiet würde industriell und kommerziell ausgebeutet. Was dann?«

»Ja, was dann?« pflichtete Ham bei.

»Die Frage ist, ob auf einem Planeten Raum für zwei intelligente Rassen ist. Wird es nicht früher oder später zu einem Interessenkonflikt kommen?«

»Warum?« entgegnete er. »Diese Dinger sind primitiv, Pat. Sie leben in Höhlen, ohne Kultur, ohne Waffen. Sie sind keine Gefahr für den Menschen.«

»Aber sie sind enorm intelligent. Woher weißt du, daß diese hier nicht bloß ein barbarischer Stamm sind und daß es nicht irgendwo in der Weite der dunklen Hälfte eine Pflanzenzivilisation gibt?«

»Das ist ein guter Gedanke, Pat«, sagte er. »Aber wenn Oskars zivilisierte Brüder, vorausgesetzt, daß es welche gibt, ebensowenig kämpferisch sind, dann sind sie für keinen Menschen eine Bedrohung.«

»Ham, morgen werden wir genau feststellen, wie intelligent Oskar wirklich ist.«

Es gab jedoch gewisse Schwierigkeiten. Als Ham und Pat durch die bizarre Landschaft auf die Eisterrasse zustapften, fanden sie zu ihrer Bestürzung, daß sie nicht mehr wußten, welche Höhle in der langen Reihe diejenige war, vor der sie mit Oskar gesprochen hatten. Im Schein ihrer Lampen sah jede Höhlenöffnung genau wie alle anderen aus, und die Lebewesen davor starrten sie aus fast geschlossenen Augen an, in denen kein erkennbarer Ausdruck war.

»Wir müssen es einfach versuchen«, sagte Pat. »Du da, bist du Oskar?«

Die hohe, knackende Stimme antwortete: »Ja.«

»Das glaube ich nicht!« wendete Ham ein. »Er war weiter rechts. He! Bist du Oskar?«

Eine andere Stimme sagte: »Ja.«

»Ihr könnt nicht beide Oskar sein!«

Pats Favorit erwiderte: »Wir sind alle Oskar.«

Ham schaute seine Frau kopfschüttelnd an. Pat sagte: »Anscheinend haben sie gestern mitgehört und wissen alle Bescheid, also ist es egal, für welchen wir uns entscheiden. Oskar, du sagtest gestern, du seiest intelligent. Bist du intelligenter als ich?«

»Ja. Viel intelligenter.«

»Hah!« sagte Ham. »Das mußt du einstecken, Pat.«

Sie rümpfte die Nase. »Das stellt ihn jedenfalls hoch über dich, Yankee! Oskar, lügst du jemals?«

Undurchsichtige Lider schoben sich über durchscheinende. »Lügen«, sagte die schrille Stimme. »Lügen, nein. Es gibt keine Notwendigkeit.«

»Oskar, kannst du ...?« Sie brach ab, als das Lebewesen ein dumpfes Geräusch wie beim Entkorken einer Flasche machte. »Was ist das? Oh! Da, Ham, eine der Schoten ist aufgeplatzt!« Sie zog sich eilig zurück.

Ein scharfer, durchdringender Geruch wehte sie an und brachte die Erinnerung an jene gefährliche Stunde in der Gebirgsschlucht zurück, aber diesmal war er nicht stark genug, um Ham zu Hustenanfällen zu reizen oder Pat ohnmächtig zu machen. Er war scharf und stechend und doch nicht ausgesprochen unangenehm.

»Wofür ist das, Oskar?«

»Es ist, damit wir uns ...« Das Ding verstummte.

»Reproduzieren?« mutmaßte Pat.

»Ja. Reproduzieren. Der Wind trägt unsere Sporen zu anderen. Wir leben, wo der Wind nicht gleichmäßig ist.«

»Aber gestern sagtest du doch, daß Teilung eure Methode sei.«

»Ja. Die Sporen bleiben an unseren Körpern haften, und es gibt eine Reizung.«

»Ah! Und daraus entsteht eine Wucherung, ein Gewächs?«

»Ja. Wenn das Gewächs fertig ist, teilen wir uns.«

Ham schüttelte sich. »Ein Tumor!«

»Sei still!« schnappte Pat. »Mehr ist ein Embryo auch nicht — ein normaler Tumor!«

»Ein normaler — Nun, ich bin froh, daß ich kein Biologe bin! Und keine Frau.«

»Ich auch«, sagte Pat. »Oskar, wieviel weißt du?«

»Alles.«

»Weißt du, wo wir herkommen?«

»Von jenseits des Lichts.«

»Ja; aber davor?«

»Nein.«

»Wir kommen von einem anderen Planeten«, sagte Pat feierlich. Als Oskar schwieg, fügte sie hinzu: »Weißt du, was ein Planet ist?«

»Ja.«

»Aber wußtest du es auch, bevor ich das Wort sagte?«

»Ja. Lange vorher.«

»Aber wie? Weißt du, was Maschinen sind? Und Waffen? Weißt du, wie man sie macht?«

»Ja.«

»Dann ... warum macht ihr keine?«

»Es gibt keine Notwendigkeit.«

»Keine Notwendigkeit. Mit Licht oder auch nur mit Feuer könntet ihr die Trioptes fernhalten. Ihr könntet sie hindern, euch zu essen!«

»Es gibt keine Notwendigkeit.«

Sie wandte sich hilflos an Ham.

»Das Ding lügt«, sagte er.

Sie schüttelte ihren Kopf. »Glaube ich nicht. Es ist was anderes — etwas, das wir nicht verstehen. Oskar, woher weißt du alle diese Dinge?«

»Intelligenz.«

Vor dem benachbarten Bau platzte eine weitere Schote.

»Aber wie? Erzähl mir, wie ihr Tatsachen entdeckt.«

»Von irgendeiner Tatsache«, erwiderte das plumpe Wesen auf dem Eis, »kann die Intelligenz sich ein Bild vom ...« Es wurde still.

»Vom Universum?« schlug sie vor.

»Ja. Vom Universum entwerfen. Ich beginne mit einer Tatsache. Ich entwerfe ein Bild vom Universum. Ich beginne mit einer anderen Tatsache. Ich finde, daß das Universum, das ich danach entwerfe, dasselbe ist wie das erste. Ich weiß, daß das Bild wahr ist.«

Beide Zuhörer starrten das Wesen verwundert und respektvoll an. Ham schluckte. »Wenn das wahr ist, könnten wir alles von Oskar erfahren! Oskar, kannst du uns Geheimnisse verraten, die wir nicht wissen?«

»Nein.«

»Warum nicht?«

»Ihr müßt mir zuerst die Worte geben. Ich kann euch nicht etwas sagen, für das ihr keine Worte habt.«

»Das ist wahr!« flüsterte Pat. »Aber Oskar, ich habe die Worte Zeit und Raum und Energie und Materie und Gesetz und Ursache. Sage mir das Gesetz des Universums.«

»Es ist das Gesetz ...« Stille.

»Erhaltung von Energie oder Materie? Gravitation?«

»Nein.«

»Von ... von Gott?«

»Nein.«

»Das Gesetz des Lebens, vielleicht?«

»Nein. Leben ist ohne Bedeutung.«

»Von was? Mir fällt kein passendes Wort ein.«

»Es könnte durch Zufall sein«, meinte Ham nachdenklich, »daß wir kein Wort dafür haben!«

»Ja«, sagte Oskar. »Es ist das Gesetz des Zufalls. Diese anderen Wörter sind nur verschiedene Seiten vom Gesetz des Zufalls.«

»Lieber Himmel!« hauchte Pat. »Oskar, weißt du, was ich meine, wenn ich von Sternen, Sonnen, Spiralnebeln, Atomen, Protonen und Elektronen spreche?«

»Ja.«

»Aber wie? Hast du jemals die Sterne gesehen, die über dieser immerwährenden Wolkendecke sind? Oder die Sonne dort im Westen?«

»Nein. Verstand ist genug, weil es nur eine Möglichkeit

gibt, in der das Universum existieren kann. Nur was möglich ist, ist wirklich; was nicht wirklich ist, ist auch nicht möglich.«

»Das scheint etwas zu bedeuten«, murmelte Pat beeindruckt. »Ich verstehe nur nicht genau, was. Aber Oskar, warum gebraucht ihr euer Wissen nicht, um euch vor euren Feinden zu schützen?«

»Es gibt keine Notwendigkeit. Es gibt keine Notwendigkeit, irgend etwas zu tun. In hundert Jahren werden wir...« Stille.

»Was?« Ein schrecklicher Gedanke traf sie. »Meinst du — ausgestorben sein?«

»Ja.«

»Aber — Oskar! Willst du denn nicht leben? Wollen deine Gefährten nicht überleben?«

»Wollen — wollen — wollen«, schrillte Oskar. »Dieses Wort bedeutet nichts.«

»Es bedeutet — es bedeutet Verlangen, Wünschen, Notwendigkeit.«

»Verlangen bedeutet nichts. Notwendigkeit — nein. Unser Überleben ist keine Notwendigkeit.«

»Ich sehe«, sagte Pat schwach. »Aber warum reproduziert ihr euch dann?«

Wie in einer Antwort zerplatzte eine Schote und entließ ihren stechenden Geruch. »Weil wir müssen«, erwiderte Oskar. »Wenn die Sporen uns treffen, müssen wir.«

»Ich verstehe«, murmelte Pat. »Ham, ich glaube, ich habe es. Ich glaube, es ist mir klar. Laß uns zurückgehen.«

Sie wandte sich ab, und Ham folgte ihr nachdenklich. Eine sonderbare Lustlosigkeit bedrückte ihn.

Sie hatten ein kleineres Mißgeschick. Ein von einem versteckten Triops geschleuderter Stein zerschmetterte die linke Lampe in Pats Helm. Es schien sie kaum zu beunruhigen; sie blickte kurz zur Seite und stapfte weiter. Aber auf der ganzen Strecke verfolgte sie das Heulen und Schreien und spöttische Gelächter im Zwielicht zu ihrer Linken, wo nur noch Hams Lampe ihren Schein verbreitete.

Wieder in der Rakete, warf Pat müde ihren Musterbeutel auf den Tisch und setzte sich, ohne ihren schweren Isolieranzug abzulegen. Auch Ham ließ sich trotz der Wärme des Anzugs lustlos auf seine Schlafkoje fallen.

»Ich bin müde«, sagte Pat, »aber wenigstens habe ich begriffen, was das Geheimnis dort draußen bedeutet.«

»Dann laß hören«, murmelte Ham.

»Ham«, sagte sie, »welches ist der Hauptunterschied zwischen pflanzlichem und tierischem Leben?«

»Pflanzen beziehen ihre Nahrung direkt aus der Erde und der Luft. Tiere brauchen Pflanzen und andere Tiere als Nahrung.«

»Das stimmt nicht ganz, Ham. Es gibt Pflanzen mit parasitärer Lebensweise, die sich von fremdem Leben ernähren. Denk an die heißen Länder oder an einige irdische Pflanzen — den Baumschwamm, die Mistel und die Dionaea, die Fliegen fängt.«

»Nun, Tiere bewegen sich von einem Ort zum anderen, und Pflanzen sind ortsgebunden.«

»Das ist richtig, aber es ist nicht der Unterschied, den ich meine.«

»Also welchen Unterschied meinst du?«

»Mit ein paar Worten ist es nicht leicht zu erklären, aber ich glaube, man kann es so sagen: Tiere haben Verlangen und Pflanzen Notwendigkeiten. Verstehst du?«

»Kein bißchen.«

»Paß auf. Eine Pflanze handelt so, wie sie es tut, weil sie muß, weil sie so gemacht ist. Ein Tier handelt, weil es so will, oder weil es so gemacht ist, daß es will.«

»Was ist der Unterschied?«

»Es ist ein Unterschied. Ein Tier hat einen Willen, eine Pflanze hat keinen. Siehst du es jetzt? Oskar hat die großartige Intelligenz eines Gottes, aber er hat nicht soviel Willenskraft wie ein Regenwurm. Er hat Reaktionen, aber er kennt kein Verlangen. Wenn der Wind warm ist, kommt er heraus und bohrt seine Wurzel in die Erde; wenn es kalt wird, kriecht er in die Eishöhle zurück, die er mit seiner

Körperwärme ausgeschmolzen hat, aber das hat mit Willen nichts zu tun, das ist eine bloße Reaktion. Er hat kein Verlangen!«

Ham erwachte aus seiner Lethargie. »Ich will verdammt sein, wenn das nicht wahr ist!« erklärte er. »Das ist der Grund, warum er nie Fragen stellt. Man braucht ein Verlangen oder einen Willen, um eine Frage zu stellen. Und darum haben sie auch keine Zivilisation und werden nie eine haben!«

»Genau«, sagte Pat. »Er ist so perfekt an seine Umwelt angepaßt, daß er weiter nichts braucht. Für ihn wäre eine Zivilisation überflüssig.«

»Aber da ist die Sache mit den Trioptes ...«

»Ja. Wie ich vor ein paar Tagen sagte, Ham, der Triops ist ein Neuankömmling aus der Zwielichtzone — in geologischen Zeitmaßstäben gerechnet. Als er einzudringen begann, waren Oskars Rassegenossen bereits voll entwickelt, und sie konnten sich den neuen Bedingungen nicht anpassen oder nicht schnell genug anpassen. So sind sie zum Untergang verurteilt.

Wie Oskar sagte, sie werden bald ausgerottet sein, und sie finden sich sogar damit ab. Alles, was sie tun und tun können, ist, vor ihren Höhlen zu sitzen und zu denken. Vermutlich sind sie die vollkommensten Philosophen und besitzen Erkenntnisse, von denen wir uns nicht träumen lassen, aber sie haben nicht die Willenskraft einer Maus. Das ist eine pflanzliche Intelligenz; das ist, was pflanzliche Intelligenz sein muß!«

»Ich glaube, du hast recht«, murmelte er nachdenklich. »In einer Weise ist es schrecklich, nicht?«

»Ja. Es ist schrecklich. Diese umfassenden, großartigen Geister, und keine Möglichkeit, dieses Potential einzusetzen, um die eigene Art am Leben zu erhalten. Ham, weißt du, welchen Namen ich ihnen geben werde? *Lotophagi veneris* — die Lotosesser! Zufrieden dazusitzen und die Existenz zu verträumen, während geringere Geister — wir und die Trioptes — uns um ihren Planeten raufen.«

»Ein guter Name, Pat.« Als sie sich erhob, fragte er erstaunt: »Was ist mit deinen Proben? Willst du sie nicht präparieren?«

»Ach, das mache ich morgen.« Und sie warf sich in ihrem Anzug auf ihr Lager.

»Aber sie werden verderben. Und deine Helmlampe — ich sollte sie reparieren.«

»Morgen«, wiederholte sie müde, und seine eigene Schläfrigkeit hinderte ihn an weiterem Beharren.

Als der Fäulnisgestank ihn einige Stunden später weckte, schlief Pat. Er warf den Musterbeutel mit den gesammelten Proben aus der Tür, und dann zog er Pat den Isolieranzug aus. Sie rührte sich kaum, als er sie sanft in ihre Koje legte und die Decke über sie zog.

Pat vermißte den Beutel mit ihren Proben keinen Augenblick, und irgendwie kam es, daß auch ihre Helmlampe noch immer nicht repariert war, als sie am nächsten Tag, wenn man diese endlose Nacht einen Tag nennen konnte, über das öde Plateau trotteten. Wieder folgte ihnen zu ihrer Linken das gellende Lachen und Kakeln der Nachtbewohner, und zweimal schlugen Steine in ihrer Nähe glitzernde Eissplitter los. Sie stapften lustlos und schweigend wie in einer Art von Trance, aber ihre Gedanken schienen seltsam klar zu sein.

Pat wandte sich an den ersten Lotosesser, den sie sah. »Wir sind wieder da, Oskar«, sagte sie in einem schwachen Wiederaufleben ihrer gewohnten Munterkeit. »Wie hast du die Nacht verbracht?«

»Ich habe gedacht«, antwortete das Ding.

»Worüber hast du nachgedacht?«

»Ich dachte an ...« Die Stimme hörte auf.

Eine Schote platzte, und der sonderbar angenehme stechende Geruch war in ihren Nasen.

»An uns?«

»Nein.«

»An die Welt?«

»Nein.«

»An — aber was soll's? Wir könnten ewig so weitermachen und vielleicht nie die richtige Frage finden.«

Weiter rechts platzte wieder eine Schote auf. Ham sah die Sporenwolke wie einen Schatten durch den Lichtkegel seiner Lampe ziehen, und er sah Pat tief Luft holen, als die Wolke über sie wegging. Komisch, wie angenehm der Geruch war, um so mehr, als es das gleiche Zeug war, das sie in höherer Konzentration beinahe das Leben gekostet hätte.

Er merkte plötzlich, daß sie beide in vollkommener Stille vor dem Lotosesser standen. Dabei waren sie gekommen, um Fragen zu stellen.

»Oskar«, fragte er, »was ist der Sinn des Lebens?«

»Es hat keinen Sinn.«

»Warum kämpfen wir dann so darum?«

»Wir kämpfen nicht darum. Das Leben ist bedeutungslos.«

»Und wenn ihr nicht mehr seid, existiert die Welt weiter wie zuvor? Ist es das?«

»Wenn wir nicht mehr sind, wird niemand den Unterschied wahrnehmen, nur die Trioptes, die uns essen.«

»Die euch essen«, echote Ham.

Der Gedanke hatte etwas, das den Nebel der Gleichgültigkeit durchdrang, der seinen Geist einhüllte. Er sah Pat an, die still neben ihm stand, und im Schein der Helmlampe konnte er hinter der Schutzscheibe ihres Helms die Augen sehen, die geistesabwesend und wie in tiefen Gedanken geradeaus starrten. Und hinter dem Abbruch der Eisterrasse erklangen plötzlich die wilden Schreie und das unheimliche Gelächter der Bewohner des Dunkels.

»Pat«, sagte er.

Sie gab keine Antwort.

»Pat!« wiederholte er und berührte ihren Arm. »Wir müssen zurück. « Zu seiner Rechten platzte eine Schote. »Wir müssen zurück«, wiederholte er.

Eine Salve von Steinen und kleinen Felsbrocken prasselte auf sie herunter. Ein Stein traf seinen Helm, und die vordere

Lampe zersplitterte. Ein anderer traf seinen Arm mit hartem Schlag, doch der dick wattierte Stoff milderte den Aufprall, und Ham nahm die beiden Treffer mit erstaunlichem Gleichmut hin.

»Wir müssen zurück«, erklärte er beharrlich.

Endlich antwortete Pat. »Wozu?« fragte sie stumpf.

Er runzelte die Stirn. Ja, wozu? Um in die Zwielichtzone zurückzukehren? Ein Bild der schmutzigen und langweiligen Siedlung Erotia kam vor seine Augen, und dann eine ganze Serie irdischer Szenen — New York, ein baumbestandener Universitätscampus, die sonnige Farm seiner Jugendzeit. Aber sie alle schienen weit entfernt und unwirklich zu sein.

Ein harter Schlag gegen seine Schulter brachte ihn zur Besinnung, und er sah einen Stein von Pats Helm abprallen. Nur zwei von ihren Lampen brannten noch, die rechte und die hintere, und er erkannte vage, daß an seinem eigenen Helm nur die linke und die hintere Lampe brannten. Undeutliche Gestalten erschienen gleitend und schnatternd am oberen Rand der Eisterrasse, die jetzt im Dunkeln lag, und mehr Steine flogen ihnen um die Köpfe.

Er raffte sich zu größer Anstrengung auf und packte Pat am Arm. »Wir müssen weg hier!« stieß er hervor.

»Warum? Warum sollten wir?«

»Weil wir umgebracht werden, wenn wir bleiben.«

»Ja. Ich weiß das, aber...«

Er hörte nicht auf ihr weiteres Gemurmel und zerrte heftig an Pats Arm. Sie flog herum und taumelte ihm nach, als er mechanisch zu gehen begann.

Ihre rückwärtigen Helmlampen tauchten den Eisabbruch in helles Licht und lösten schrilles Geheul aus. Während er das Mädchen langsam mit sich zog, breitete sich das Gekreisch nach rechts und links aus. Er wußte, was das bedeutete; die Dämonen versuchten sie auf beiden Seiten zu überholen und vor sie zu kommen, wo der schützende Lichtkreis unterbrochen war.

Pat ließ sich lustlos mitziehen, ohne eine eigene Anstrengung zu machen. Nur der Zug seines Armes brachte sie

voran, und für Ham war es eine fast unerträgliche Anstrengung, sich selbst zu bewegen. Und dort, unmittelbar vor ihm, flitzten heulende und kreischende Schatten hin und her, die sein Leben wollten.

Ham drehte seinen Kopf hin und her, so daß der Lichtkegel seiner rechten Lampe die Umgebung bestrich. Mit schrillem Gezeter suchten die Dämonen in den Schatten von Blöcken und Eispyramiden Deckung, aber Pat, die mit seitwärts gewandtem Kopf gehen mußte, stolperte und fiel.

Pat wollte nicht aufstehen, als er an ihr zerrte. »Laß doch — nicht nötig«, murmelte sie, aber sie wehrte sich nicht, als er sie aufhob.

Er hatte eine Idee und verlagerte sie in seinen Armen so, daß der Lichtkegel ihrer rechten Helmlampe nach vorn gerichtet war. Auf diese Weise taumelte er schließlich in den Lichtkreis der Rakete, öffnete die Tür und schob sie wie einen Sack Kartoffeln hinein.

Ein letzter Eindruck prägte sich ihm ein: Er sah die kreischenden und lachenden Schattengestalten der Trioptes durch die Dunkelheit zu der Eisterrasse galoppieren, wo Oskar und seine Gefährten in geduldiger und gleichmütiger Hinnahme ihres Schicksals warteten.

Die Rakete schoß in dreißigtausend Metern Höhe durch die diesige Atmosphäre, weil zahllose Beobachtungen und Messungen aus dem Raum gezeigt hatten, daß nicht einmal die gewaltigen Gipfel der Ewigkeitsberge höher als zwanzigtausend Meter über die Planetenoberfläche aufragten. Vor ihnen wurden die bislang schwarzen Wolken heller, denn sie näherten sich rasch der Zwielichtzone.

»Es waren die Sporen«, sagte Pat. »Wir wußten, daß sie narkotisch wirken, aber woher sollten wir wissen, daß sie ein so raffiniertes Rauschgift enthalten, das einem die Willenskraft nimmt und die Körperkraft unterminiert? Oskars Leute sind die Lotosesser und der Lotos zugleich. Wie sie mir leid tun! Diese großartigen, unbegreiflichen, nutzlosen Geister! Was hat dich aus der Lethargie gerissen?«

»Oh, es war eine Bemerkung von Oskar, daß er und seine Leute Nahrung für die Trioptes seien.«

»Und?«

»Wußtest du, daß wir alle unsere Lebensmittel aufgebraucht hatten? Diese Bemerkung erinnerte mich daran, daß ich seit zwei Tagen nichts gegessen hatte!«

Copyright © 1935 by Street & Smith Publications, Inc.

Insel des Proteus

Der braunhäutige Maori im Bug des Auslegerbootes starrte angestrengt auf die langsam näherschwimmende Insel; dann drehte er den Kopf und richtete seine besorgten braunen Augen auf Carver. »Tabu!« rief er zurück. »Aussitan tabu!«

Carver betrachtete ihn, ohne eine Miene zu verziehen. Er hob seinen Blick zu der Insel. Stumm und widerwillig tauchte der Maori sein Paddel wieder in das spiegelglatte Wasser, das sich in der langen Dünung unmerklich hob und senkte. Der zweite Polynesier warf Carver einen bittenden Blick zu.

»Tabu«, sagte er. »Aussitan tabu!«

Der weiße Mann musterte ihn kurz, sagte aber nichts. Die sanften braunen Augen wurden niedergeschlagen, und die zwei paddelten weiter. Das braune Segel klatschte schlaff gegen den Mast. Aber als Carver aufmerksam landwärts spähte, kam es zwischen den Eingeborenen zu einem stummen, bedeutungsvollen Blickwechsel.

Die Proa glitt durch grünschwarzes Wasser auf die schaumgegürtete Insel zu, dann begann sie langsam abzudrehen und das verlorene Eiland auf Steuerbord zu lassen. Carvers Kinn schob sich eckig vor. »Malloa! Anlaufen habe ich gesagt, ihr braunen Mistkerle! Anlaufen, habt ihr gehört?«

Er blickte von neuem zur Insel. Austin Island war keine traditionell geheiligte Insel, aber diese Eingeborenen fürchteten sie aus irgendeinem Grund. Es war nicht Sache eines Zoologen, dem Warum nachzugehen. Die Insel war unbewohnt und erst vor wenigen Jahren karthographisch aufgenommen worden. Er bemerkte Farnwälder, wie er sie von Neuseeland kannte, Dammarafichten und am Ufer einen Saum von Buschwerk. Dunkelgrün bewaldete Hügel, ein

Bogen weißen Strandes, und dazwischen ein Punkt, der sich langsam weiterbewegte — ein *apteryx mantelli,* dachte Carver — ein Kiwi.

Die Proa schob sich langsam ans Ufer heran.

»Tabu«, flüsterte Maolla wieder. »Ihm viel bunyip!«

»Hoffentlich«, grunzte der weiße Mann. »Ich würde ungern zu Jameson und den anderen auf Macquarie zurückkehren, ohne wenigstens einen kleinen bunyip mitzubringen. Oder einen anderen Märchengeist.« Er grinste. »Bunyip Carveris. Klingt nicht schlecht, was? Würde sich gut in einem naturgeschichtlichen Werk ausnehmen, mit Bildern.«

Als sie den weißen Brandungsstreifen durchfahren hatten und sich rasch dem Strand näherten, flüchtete der Kiwi in den Wald — wenn es ein Kiwi war. Er sah irgendwie komisch aus, und Carver spähte ihm mit zusammengekniffenen Augen nach. Natürlich mußte es ein *apteryx* sein; diese Inseln der Neuseeland-Gruppe waren zu arm an Fauna, als daß es etwas anderes hätte sein können. Hunde, Ratten, zwei Arten Fledermäuse — damit war das Säugetierleben von Neuseeland erschöpft.

Natürlich gab es importierte Katzen, Schweine und Kaninchen, die auf den Hauptinseln verwildert waren und frei herumliefen, aber nicht hier. Nicht auf den Aucklands, nicht auf Macquarie und schon gar nicht hier auf Austin Island, draußen in der einsamen See zwischen Macquarie und den kahlen, sturmumtosten Balleny Inseln, weit unten am Rand der Antarktis. Nein; das Ding mußte ein Kiwi gewesen sein.

Das Boot knirschte leise auf Sand. Kolu, der Maori im Bug, sprang wie ein brauner Blitz auf den Strand und zog die Proa über die sanft auslaufenden Wellen. Carver stand auf und sprang in den Sand, dann hielt er inne, als Malloa, hinter ihm im Heck der Proa, plötzlich zu stöhnen anfing.

»Die Bäume, wahi!« ächzte er. »Die bunyip-Bäume!«

Carvers Blick folgte dem ausgestreckten braunen Finger. Was sollte mit den Bäumen sein? Da standen sie hinter dem Strand, wie sie auf Macquarie und den Aucklands die Ufer säumten. Dann furchte er die Stirn. Er war kein Botaniker; das war Halburtons Fach, der mit Jameson und den anderen von der *Fortune* auf Macquarie geblieben war. Er war Zoologe und kannte sich in der Flora nur oberflächlich aus. Doch er stutzte.

Die Bäume waren tatsächlich sonderbar. Aus der Ferne hatten sie wie die Baumfarne und die Dammarafichten ausgesehen, die man hier erwarten konnte. Doch jetzt, aus der Nähe, hatten sie einen anderen Aspekt. Der Unterschied war nicht bedeutend, aber sie wirkten nichtsdestoweniger verschieden. Die Dammarafichten waren nicht die üblichen, und auch die Baumfarne waren nicht die gleichen *cryptogamia,* wie sie auf Macquarie und den Aucklands gediehen. Natürlich waren diese Inseln viele Seemeilen weiter nördlich und gewisse lokale Variationen mochten zu erwarten sein. Aber trotz allem ...

»Mutationen«, murmelte er stirnrunzelnd. »Scheint Darwins Isolationstheorie zu bestätigen. Ich werde Halburton ein paar Proben mitbringen müssen.«

»Wahi«, sgte Kolu nervös. »Wir umkehren jetzt?«

»Jetzt?« explodierte Calver. »Wir sind gerade angekommen! Glaubst du, wir hätten die ganze Strecke von Macquarie zurückgelegt, um einen Blick auf die Insel zu werfen? Wir bleiben einen oder zwei Tage hier, damit ich mir das Tierleben auf dieser gottverlassenen Insel ansehen kann. Was ist eigentlich mit euch los?«

»Die Bäume, wahi!« jammerte Malloa. »Bunyip! Die Bäume reden, die Bäume gehen!«

»Bah! Reden und Gehen!« Er hob einen Kiesel auf und warf ihn in die dunkelgrüne Busch- und Baumkulisse voraus. »Dann wollen wir mal ein paar Flüche von ihnen hören!«

Der Stein fetzte durch Laub, dann wurde es wieder still. Doch nicht ganz; etwas Dunkles und Kleines flatterte auf und zeigte sich für einen Moment als schwarze Silhouette vor dem blaßblauen Himmel. Es war klein wie ein Sperling, aber fledermausartig, mit Schwingen, die Hautmembranen zu sein schienen. Carver starrte verdutzt, denn das Tier hatte einen dreißig Zentimeter langen Schwanz, dünn wie ein Bleistift und ganz gewiß kein Anhängsel, wie man es bei einer normalen Fledermaus antraf.

Das Tier flatterte einen Moment unbeholfen im Sonnenlicht, dann tauchte es wieder in den Wald ein, wo der Stein es aufgescheucht hatte. Carver hatte noch den wilden, schrillen Ruf im Ohr: »Wiir! Whi-i-i-r!« hatte er geklungen.

»Teufel noch mal!« sagte Carver kopfschüttelnd. »Auf Neuseeland und den benachbarten Inseln gibt es zwei Arten von *chiroptera,* und das war keine von beiden! Keine Fledermaus hat so einen Schwanz!«

Kolu und Malloa jammerten im Chor. Das Tier war zu klein und zu weit entfernt gewesen, um eine regelrechte Panik auszulösen, aber als es durch die Luft geflattert war, hatte es ein unheimlich abnormes Aussehen gehabt. Es war eine Monstrosität, eine Abweichung, und unbekannter Fremdartigkeit furchtlos entgegenzutreten, war nicht Sache der Polynesier. Und es war auch nicht Sache eines Weißen, reflektierte Carver; er unterdrückte ein merkwürdiges Gefühl nervöser Spannung. Es war äußerst unvernünftig, sich als rational denkender Zoologe von Kolus und Malloas abergläubischer Angst beeinflussen zu lassen.

»Ruhe jetzt!« befahl er barsch. »Wir werden den Burschen oder einen seiner Vettern fangen. Ich will ein Musterexemplar von seinem Stamm. *Rhimolopidae,* möchte ich wetten, aber eine völlig unbekannte Gattung. Heute abend werden wir einen mit dem Netz fangen.«

Die Stimmen der beiden Maoris erhoben sich in hellem Entsetzen. Carver brachte sie scharf zum Schweigen. »Los!« befahl er, »holt das Zeug aus dem Boot. Ich werde unterdessen den Strand entlangwandern und einen Bach suchen. Mawson behauptete, auf der Nordseite der Insel Süßwasser gefunden zu haben.«

Malloa und Kolu murmelten mit unterdrückter Heftigkeit, als er sich abwandte. Vor ihm lag der Strand weiß in der Nachmittagssonne; zu seiner Linken war der blaue Pazifik, ein ungewöhnlich ruhiger Pazifik für diese oft stürmischen

Breiten, und zu seiner Rechten schlummerte der dämmerige, stille Wald. Carver bemerkte verwundert die fast unerschöpflich scheinende Vielfalt der pflanzlichen Formen; kaum ein Baum oder Strauch war darunter, den er zweifelsfrei mit irgendeiner auf Macquarie oder den Aucklands oder dem fernen Neuseeland üblichen Art identifizieren konnte. Aber, so sagte er sich, er war kein Botaniker.

Abgelegene Inseln brachten häufig eigene Spielarten der Fauna und Flora hervor. Das war ein Teil von Darwins ursprünglicher Evolutionstheorie, diese Idee der Isolation. Beispiele gab es genug: Mauritius und der Dodo, und die Galapagos-Schildkröten. Oder auch der Kiwi von Neuseeland, oder der riesenhafte, ausgestorbene Moa. Und doch — er runzelte die Stirn über dem Gedanken — fand man nie eine Insel, die ganz von ihrer eigenen Form pflanzlichen Lebens bedeckt war. Vom Wind angewehte Samen und das Treibgut des Ozeans verursachten immer einen Vegetationsaustausch zwischen Inseln; Vögel übertrugen Saatgut, und sogar die gelegentlichen menschlichen Besucher förderten oft ungewollt den Austausch.

Überdies hätte ein sorgfältiger Beobachter wie Mawson, der die Insel 1911 besucht hatte, zweifellos über die Eigentümlichkeiten von Austin Island berichtet. Er hatte es nicht getan; auch nicht die Walfänger, die dann und wann die Insel anliefen, wenn sie unterwegs in die antarktischen Gewässer waren. Allerdings waren Walfänger in jüngster Zeit sehr selten geworden; zehn oder mehr Jahre mochten vergangen sein, seit einer vor der Insel Anker geworfen hatte. Aber welche Veränderungen konnten in zehn oder fünfzehn Jahren eingetreten sein?

Carver kam plötzlich an eine schmale Wasserrinne, die von einem dünnen Getröpfel gespeist wurde, wo das Wasser am Rand des Dschungels über eine bemooste Granitbank rieselte. Er bückte sich, befeuchtete seinen Finger und kostete. Es war trinkbar und darum höchst zufriedenstellend. Er konnte kaum hoffen, auf der Insel einen größeren Wasserlauf zu finden, denn bei einer Fläche von zehn mal sechs Kilometern war das Reservoir zu klein. Vielleicht gab es irgendwo einen Bach, aber notfalls kam er mit diesem Rinnsal aus. Sein Blick folgte dem Wasser in das Gewirr des Farnwaldes, und eine rasche Bewegung ließ ihn aufmerken. Er spähte ungläubig, denn er wußte, daß nicht wahr sein konnte, was er sah!

Das Tier oder wie man es nennen sollte, hatte anscheinend am Rand des Wasserlaufs getrunken, denn Carver sah es zuerst in kniender Position. Das war Teil der Überraschung, die Tatsache, daß es kniete, denn kein Tier außer dem Menschen nimmt jemals diese Haltung ein, und dieses Wesen, was immer es sein mochte, war nicht menschlich.

Wildblickende gelbe Augen funkelten zurück, und das Ding erhob sich zu aufrechter Haltung. Es war ein Zweibeiner, eine kleine Travestie des Menschen, und stehend nicht größer als fünfzig Zentimeter. Carvers schockiertes Bewußtsein registrierte ein schäbiges graues Fell, einen beweglichen Schwanz und nadelscharfe Zähne in einem kleinen roten Mund. Aber in erster Linie sah er nur bösartige gelbe Augen und ein Gesicht, das nicht menschlich war, jedoch eine bestürzende Synthese von menschlichen und raubtierhaften Eigenschaften zu sein schien.

Carver hatte viel Zeit in den Wildnissen des Planeten verbracht. Seine Reaktion hatte beinahe die Natur eines Reflexes. Seine Pistole kam heraus und feuerte, als ob sie sich von selbst bewegte. Dieser Automatismus hatte sich in den wilden Gegenden der Erde bewährt; mehr als einmal hatte Carver sein Leben gerettet, indem er noch in der Schrecksekunde geschossen und erst hinterher überlegt hatte. Aber die Schnelligkeit der Reaktion ging auf Kosten der Genauigkeit.

Sein Geschoß zerriß neben dem Kopf der seltsamen Kreatur einen hängenden Farnwedel. Das Ding knurrte, und dann, nach einem letzten wilden Blick seiner gelben Augen, sprang es Hals über Kopf in das Blättergewirr und verschwand im Unterholz.

Carver pfiff. »Was, in drei Teufels Namen«, murmelte er

laut, »war das?« Aber er hatte nicht viel Zeit zum Nachdenken; lange Schatten und eine orangene Verfärbung des Nachmittags warnten ihn, daß die Dunkelheit — eine plötzliche, dämmerungslose Dunkelheit — nahe war. Er kehrte um und wanderte am Strand zurück zum Auslegerboot.

Ein niedriges, halb im Sand vergrabenes Granitriff verdeckte das Boot und die beiden Maoris, und die Sonne schien über eine bewaldete Anhöhe der Insel direkt in sein Gesicht. Carver blinzelte ins Licht und sah die Sonne hinter der Kuppe versinken, während er gedankenverloren dahintrottete — um plötzlich wie erstarrt zu verhalten. Aus der Richtung der Proa war ein entsetzter Schrei gekommen!

Er fing an zu laufen. Zum Granitriff waren es kaum hundert Schritte, aber so schnell kam die Nacht in diesen Breiten, daß die dunklen Abendschatten mit ihm um die Wette zu laufen schienen. Er sprang auf das Riff und überblickte den Strand, wo das Auslegerboot liegen mußte.

Etwas war da. Eine Kiste — Teil seiner Ausrüstung. Aber die Proa war fort!

Dann sah er sie, bereits fünf oder sechs Kabellängen draußen in der Bucht. Malloa kauerte im Heck und paddelte, was das Zeug hielt, Kolu hatte das Segel gesetzt, um den aufkommenden Abendwind auszunützen, und war halb davon verdeckt. Das Boot bewegte sich rasch und gleichmäßig hinaus auf den dunklen Ozean.

Sein erster Impuls war, zu brüllen, und er brüllte aus Leibeskräften. Dann wurde ihm klar, daß der Westwind sein Geschrei verwehte und daß die beiden außer Hörweite waren. Er zog seine Automatik und feuerte dreimal in die Luft, aber da Malloa nicht einmal einen Blick über die Schulter warf, schickte er eine vierte Kugel dem fliegenden Paar nach. Auch sie blieb ohne Wirkung. Die Proa glitt mit unverminderter Geschwindigkeit weiter, durchstieß den weißen Brandungsgürtel und verschmolz mit der schwarzen Ferne.

Carver starrte den Deserteuren in heißer Wut nach, bis auch vom Segel nichts mehr zu sehen war; dann hörte er zu fluchen auf, setzte sich mißmutig auf die einzige Kiste, die sie ausgeladen hatten, und begann zu überlegen, was sie geängstigt haben mochte. Aber das war etwas, was er nie erfahren sollte.

Nach ein paar Minuten war es völlig dunkel. Im Himmel erschienen die fremden Sternbilder des Südens; im Osten stand das großartige Kreuz des Südens, und weiter südlich wurden die geheimnisvollen Magellanschen Wolken sichtbar. Aber Carver hatte keine Augen für diese Schönheiten; der Südhimmel mit seinen Sternbildern war ihm seit langem vertraut.

Er dachte über seine Lage nach. Sie war eher ärgerlich als verzweifelt, denn er war bewaffnet, und selbst wenn er seine Pistole im Boot zurückgelassen hätte, wäre es nicht tragisch gewesen, denn auf diesen kleinen Inseln südlich der Aucklands gab es kein gefährliches Tierleben. Das gab es, mit Ausnahme des Menschen, nicht einmal auf Neuseeland. Aber auf den Aucklands, auf Macquarie oder hier auf dem abgelegenen Austin Island gab es nicht einmal Menschen.

Malloa und Kolu waren ohne Zweifel von schrecklicher Angst befallen worden; doch es bedurfte nur einer Kleinigkeit, um die abergläubischen Ängste eines Polynesiers zu wecken. Eine unbekannte Fledermausart war genug, oder auch ein Kiwi, wenn er wie ein Schatten durch das Unterholz schlüpfte. Vielleicht war es auch bloß ihre eigene Einbildung gewesen, stimuliert von irgendwelchen wilden Geschichten, der die Insel ihr Tabu verdankte.

Was die Rettung anging, sah Carver keine Schwierigkeiten. Malloa und Kolu mochten ihren Mut wiederfinden und ihn abholen. Taten sie das nicht, bestand die Möglichkeit, daß sie zur Macquarie-Insel segelten und die *Fortune*-Expedition verständigten. Selbst wenn sie taten, was er als natürlich von ihnen erwartete — wenn sie Kurs auf die Aucklands nahmen und von dort ihre Heimatinsel Warekauri ansteuerten —, brauchte er nicht zu verzweifeln. In drei oder vier Tagen würde Jameson anfangen, sich Sorgen zu machen, und man würde ihn suchen.

Es gab keine Gefahr, sagte er sich — keine Ursache, Befürchtungen zu nähren. Das Beste war, er ging einfach seiner geplanten Arbeit nach. Glücklicherweise war die Kiste, auf der er saß, diejenige, die sein Zyanglas für Insektenproben, Netze, Fallen und Schlingen enthielt. Er konnte sein Programm ausführen, nur mußte er einen Teil seiner Zeit der Jagd und der Essenzubereitung widmen.

Carver zündete seine Pfeife an, sammelte trockenes Treibholz, das in Massen am Strand lag, machte Feuer und bereitete sich auf die Nacht vor. Er sandte den zwei Maoris noch einige ausgewählte Verwünschungen nach, als er merkte, daß sein behaglicher Schlafsack mit der Proa verschwunden war, aber das Feuer würde ihn vor der kühlen Nacht dieser hohen südlichen Breite schützen. Er rauchte seine Pfeife nachdenklich zu Ende, streckte sich neben sein Feuer und versuchte zu schlafen.

Als sieben Stunden und fünfzig Minuten später die Sonne über den östlichen Meereshorizont stieg, war er bereit, zuzugeben, daß die Nacht etwas anderes als ein Erfolg gewesen war. Er war gegen die aufdringlichen kleinen Sandfliegen und die blutdürstigen Nachtinsekten der Inseln abgehärtet, und doch war sein Versuch, zu schlafen, ein entschiedener Fehlschlag gewesen.

Warum? Nervosität wegen der Tatsachen einer fremden Umgebung und der Einsamkeit konnte es nicht gewesen sein. Alan Carver hatte dafür schon zu viele Nächte in wilden und einsamen Gegenden verbracht. Doch die Nachtgeräusche hatten ihn in einem Dauerzustand halbwacher Beunruhigung gehalten, und wenigstens zehnmal war er schwitzend vor Aufregung zu vollem Bewußtsein aufgeschreckt. Warum?

Er wußte, warum. Es waren die Nachtgeräusche selbst. Nicht ihre Lautstärke oder ihre Bedrohlichkeit, sondern ihre — nun, ihre Vielfalt. Er wußte, was die Dunkelheit der Nacht in Form von Geräuschen hervorbringen sollte; er kannte jeden Vogelruf und jedes Fledermausquietschen, das auf diesen Inseln heimisch war. Aber die Nachtgeräusche hier auf Austin Island waren im Wissensschatz seiner Erfahrung nicht unterzubringen. Sie waren sonderbar fremd, unklassifizierbar und weitaus vielfältiger, als sie sein sollten; und doch bildete er sich ein, selbst aus dem wildesten Schrei eine Note beunruhigender Vertrautheit herauszuhören.

Carver zuckte mit der Schulter. Im klaren Tageslicht kamen ihm seine nächtlichen Eindrücke wie alberne Phantasien vor, ganz und gar unentschuldbar vor dem kritischen Verstand eines Mannes, der die Einsamkeit der Natur so gewohnt war wie er. Er stand auf, reckte sich und blickte in das verfilzte Pflanzengewirr unter den Baumfarnen.

Er war hungrig und irgendwo dort drinnen war sein Frühstück, entweder Frucht oder Vogel. Diese stellten den ganzen Bereich der Auswahl dar, weil er noch nicht hungrig genug war, um eine der anderen möglichen Variationen in Betracht zu ziehen — Ratte, Fledermaus oder Hund. Das erschöpfte die Fauna dieser Inseln.

Wirklich? Er zog seine Stirn in Falten, als plötzlich die Erinnerung über ihn kam. Was war mit dem wilden gelbäugigen Zwerg, der ihn am morastigen Wasserlauf angeknurrt hatte? Er hatte das über der Aufregung vergessen, die Malloas und Kolus Desertion ausgelöst hatte. Dieses Ding war bestimmt weder Ratte, Fledermaus noch Hund gewesen. Was dann?

Immer noch stirnrunzelnd, fühlte er nach seiner Pistole, nahm sie aus der Tasche und vergewisserte sich ihrer Funktionsfähigkeit. Vielleicht waren die zwei Maoris von einer imaginären Bedrohung geflohen, aber das Ding am Wasserlauf war etwas, das er nicht dem Aberglauben zuschreiben konnte. Er hatte es mit eigenen Augen gesehen. Er wurde noch nachdenklicher, als er sich der geschwänzten Fledermaus vom vergangenen Nachmittag entsann. Auch das war kein Fabelwesen der Eingeborenen gewesen.

Entschlossen ging er auf den Farnwald zu. Angenommen, die Insel beherbergte tatsächlich ein paar Mutationsformen und individuelle Spezies. Um so besser; es rechtfertigte die

Expedition. Es mochte sogar zum Ruhm eines gewissen Alan Carver beitragen, wenn er als erster von dieser merkwürdigen insularen Tierwelt berichtete. Dennoch — es war verwunderlich, daß Mawson nichts dergleichen gemeldet hatte; weder Mawson noch die Walfänger.

Am Waldrand machte er halt. Plötzlich sah er, was für den komischen Eindruck des Waldes verantwortlich war. Er sah, was Malloa gemeint hatte, als er zu den Bäumen gestikuliert hatte. Ungläubig blickte er von Baum zu Baum. Es gab keine zwei Bäume, die einander gleich waren. Keine zwei gleichen. Jeder war anders, in Blattform, in der Struktur der Rinde, im Wuchs. Kein Baum glich dem anderen, stellte Carver fest.

Aber das war unmöglich. Botaniker oder nicht, er wußte um die Unmöglichkeit. Ja, wenn es eine Steigerungsform der Unmöglichkeit gäbe, dann traf sie für diese abgelegene kleine Insel zu, wo notwendigerweise Inzucht herrschte. Die Lebensformen mochten von solchen anderer Inseln abweichen, aber nicht voneinander — wenigstens nicht in diesem Ausmaß. Die Zahl der Arten mußte schon wegen des intensiven Kampfes um Lebensraum auf einer kleinen Insel begrenzt sein. Mußte!

Carver trat zurück und überblickte die Mauer des Waldes. Da waren unzählige Baumfarne; da waren Kaurifichten; da waren Laubbäume — aber in dem hundert Meter breiten Stück, das er genau sehen konnte, waren keine zwei gleichen Bäume!

Er stand in verständnisloser Verblüffung. Was bedeutete das? Welches war der Grund für diesen unnatürlichen Artenreichtum? Wie konnte sich eine der zahllosen Formen reproduzieren, wenn es nicht irgendwo andere von identischer Form gab, die sie bestäuben konnte? Gewiß konnten die Blüten eines Baumes einander bestäuben, aber wo waren dann die Nachkommen? Es war ein fundamentales Naturgesetz, daß aus Eicheln Eichen werden, aus den Zapfen der Kaurifichte Kaurifichten.

Er wanderte langsam den Waldrand entlang. Die massive

Wand aus Laub und Zweigen stand unbeweglich, nur das Laub des äußersten Saumes wurde vom Seewind gekämmt, aber alles, was Carver sah, war die unglaubliche Verschiedenartigkeit dieser Blätter. Nirgends war auch nur ein einziger Baum, der irgendeinem ähnelte, den er schon einmal gesehen hatte.

Da waren glatte und rauhe Blätter, gefiederte, gesägte und gefingerte Blätter, gerippte, palmenartige und schwertförmige Blätter. Da gab es Exemplare jeder Gattung, die er nennen konnte, und selbst ein Zoologe kann eine Anzahl nennen, wenn er mit einem Botaniker wie Halburton gearbeitet hat. Aber es war, als hätten sich auf Austin Island die Trennwände zwischen den Gattungen aufgelöst und nur die zwischen den Hauptfamilien übriggelassen.

Carver war fast einen Kilometer gewandert, als das Hungergefühl ihn an den eigentlichen Zweck seines morgendlichen Ausflugs erinnerte. Er mußte etwas essen. Mit einem Gefühl entschiedener Erleichterung beäugte er die Seevögel, die mit rauhem Geschrei zwischen dem Treibgut herumliefen und um Krabben und Garnelen stritten; wenigstens sie waren normale Vertreter ihrer Gattung. Aber sie gaben bestenfalls ein zähes und traniges Menü ab, und sein Blick kehrte zu dem mysteriösen Waldrand zurück.

Er sah eine Wegspur oder einen Pfad oder vielleicht nur eine zufällige Verdünnung der Vegetation entlang einer unterirdischen Felsrippe, die in das grüne Dämmerlicht des Waldes und anscheinend aufwärts zu dem bewaldeten Hügel am Westende der Insel führte. Diese schmale Schneise war der erste bequeme Zugang zum Innern der Insel, den er bisher angetroffen hatte, und Sekunden später schlüpfte er leise durch die dämmerige Wildnis und hielt scharf nach jagdbaren Vögeln und eßbaren Früchten Ausschau.

Er sah Früchte in Mengen. Viele Bäume und Sträucher trugen runde, ovale und bohnenförmige Früchte in verschiedenen Größen und Färbungen, aber für Carver bestand die Schwierigkeit darin, daß er keine sah, die er als eßbar wiedererkennen konnte. Er wagte nicht, auf gut

Glück in irgendeine vertrauenerweckende Frucht zu beißen, denn der Himmel allein wußte, was für gefährliche Alkaloide diese sonderbare Insel produzieren mochte.

Vögel flatterten und zwitscherten in den Zweigen, aber im Moment sah er keinen, der groß genug gewesen wäre, daß sich eine Kugel gelohnt hätte. Außerdem beschäftigte eine weitere komische Tatsache seine Aufmerksamkeit; je weiter er in den Wald eindrang, desto bizarrer wurden die vielfältigen Formen der Waldpflanzen. Am Waldrand war er wenigstens noch in der Lage gewesen, einen einzelnen Strauch oder Baum nach seiner Familie zu bestimmen, aber hier begannen selbst die groben Bestimmungsmerkmale zu verschwinden.

Er wußte, warum. »Die Küstenpflanzen sind mit angewehten oder angetriebenen Samen von anderen Inseln gekreuzt«, murmelte er. »Aber hier im Innern sind sie wild geworden. Die ganze Insel ist verrückt geworden.«

Die Bewegung eines dunklen Körpers vor dem lichtdurchsprenkelten Blätterdach machte ihn aufmerksam. Ein Vogel? Wenn ja, war er viel größer als die sperlingsgroßen Singvögel, die Carver bisher gesehen hatte. Er hob seinen Revolver, zielte sorgfältig und feuerte.

Der unheimliche Wald verschluckte das Krachen der Detonation wie Watte. Ein Körper, groß wie eine Ente, schlug mit einem langen, gellenden Schrei durch die Zweige, zappelte noch einen Moment im Unterholz und war still. Carven eilte vorwärts, um dann fassungslos auf sein Opfer zu starren.

Es war kein Vogel. Es war ein Klettertier irgendeiner Art, bewaffnet mit scharfen Krallen und spitzen kleinen Zähnen in einem dreieckigen roten Maul. Es ähnelte ziemlich deutlich einem kleinen Hund — wenn man sich einen auf Bäume kletternden Hund vorstellen konnte —, und einen Augenblick erschrak Carver über den Gedanken, er könnte jemandes Promenadenmischung erschossen haben.

Aber es war auch kein Hund. Die zurückziehbaren Krallen, fünf an jedem Vorderfuß, vier an jedem Hinterfuß, waren Beweis genug, aber noch deutlicher sprachen die nadelscharfen kleinen Zähne dagegen. Dieses Tier gehörte der Familie der Katzen an. Dafür zeugten auch die gelblichen Augen mit den geschlitzten Pupillen, die ihn haßerfüllt anstarrten, aber nun im Sterben ihr wildes Feuer verloren. Dies war kein Hund, sondern eine Katze!

Er dachte an jenes andere Wesen, das er am Wasserlauf angetroffen hatte. Auch das hatte einen katzenhaft wilden Eindruck auf ihn gemacht. Was für eine Bedeutung steckte dahinter? Katzen, die wie Affen aussahen; Katzen, die wie Hunde aussahen!

Er hatte keinen Hunger mehr. Nach einem Moment hob er den Körper seiner Jagdbeute auf und machte sich auf den Rückweg zum Strand. Der Zoologe in ihm hatte sich durchgesetzt. Dieses schlaff baumelnde, bepelzte Tier war nicht länger eine mögliche Nahrung, sondern ein seltenes Exemplar. Er mußte tun, was er konnte, um den Kadaver zu konservieren. Das Tier würde seinen Namen erhalten, das war klar: *felis carveri.*

Ein Geräusch hinter ihm brachte ihn zum Stehen. Er spähte zurück durch den schmalen grünen Tunnel. Er wurde verfolgt. Irgend etwas lauerte dort hinten in den Schatten des Waldes. Er sah es — oder sie — als formlose dunklere Schatten im wechselnden Helldunkel des windbewegten Laubdaches.

Zum erstenmal schienen die Geheimnisse dieser Insel sich mit einem Gefühl von Bedrohung zu verbinden. Er beschleunigte seinen Schritt. Gleich darauf glaubte er im Wald zu seiner Linken einen leisen Schrei oder ein Heulen zu hören, das von rechts beantwortet wurde.

Er wagte nicht zu rennen, weil er wußte, daß der Anschein von Angst Tiere und primitive Menschen allzu oft zum Angriff provoziert. Er ging so rasch er konnte, ohne aus dem Rückzug eine Flucht zu machen, und schließlich sah er den weißen Strand voraus. Dort im Freien konnte er seine Verfolger wenigstens sehen, wenn sie einen Angriff wagten.

Aber sie taten es nicht. Er zog sich bis an den Rand des Wassers zurück, wo die auslaufenden kleinen Wellen an seine Stiefel leckten, aber kein Lebewesen folgte ihm. Doch sie waren da. Während des ganzen Rückwegs zu seiner Kiste und den Resten des Lagerfeuers wußte er, daß knapp innerhalb der grünen Wand schemenhafte Gestalten schlichen und lauerten.

Die Situation begann an seinen Nerven zu zerren. Er konnte nicht einfach unbegrenzte Zeit am Strand bleiben und auf einen Angriff warten. Früher oder später würde er schlafen müssen, und dann — nein. Besser wäre es, den Angriff sofort zu provozieren, zu sehen, mit welchen Gegnern er es zu tun hatte, und sie zu vertreiben oder auszurotten. An Munition fehlte es ihm nicht.

Als er wieder eine Bewegung wahrnahm, hob er seine Pistole und feuerte auf einen schwach erkennbaren, gleitenden Schatten. Ein Aufheulen antwortete, das fraglos tierisch war; bevor es wimmernd erstarb, antworteten andere Laute. Dann erschrak Carver so heftig, daß er unwillkürlich zurücksprang, als die Büsche rauschten und in Bewegung gerieten und er auf einmal sah, welche Art von Lebewesen im Wald gelauert hatten.

Zehn oder zwölf Gestalten sprangen aus dem Unterholz auf den Sand. Für die Dauer eines Atemzuges hielten sie still und sicherten, und Carver wußte, daß der Alptraum eines Zoologen ihn im Griff hatte, denn keine andere Erklärung war zureichend.

Das Rudel war in einer unbestimmten Weise hundeähnlich, aber keines der Tiere ähnelte dem einheimischen Wildhund Neuseelands oder dem australischen Dingo. Sie ähnelten überhaupt keinem Hund seiner Erfahrung, und das einzig Hundeähnliche an ihnen war vielleicht ihre Angriffsweise, ihr Hecheln und Jaulen, ihre triefenden Mäuler und die Anordnung ihrer Zähne — soweit Carver sie sehen konnte.

Aber die Tatsache, die ihn nun schockte, war eine weitere verblüffende Wiederholung seiner bisherigen Beobachtungen auf Austin Island — sie ähnelten einander nicht! Tatsächlich, dachte Carver, hatte er auf dieser verrückten Insel bisher noch keine zwei Lebewesen angetroffen, tierisch oder pflanzlich von Natur, die ineinander in allen wesentlichen Merkmalen glichen!

Das Rudel bewegte sich weiter und versuchte ihn einzukreisen. Er sah die unglaublichsten Extremformen unter ihnen — Tiere mit langen Hinterläufen und kurzen Vorderbeinen; eine Kreatur mit haarloser, von Dornen zerkratzter Haut und einem Gesicht, das Carver an die halbmenschliche Visage eines Werwolfs gemahnte; ein kleines, rattenartiges Ding, das mit schriller, japsender Stimme bellte; und ein mächtiges, breitbrüstiges Ungeheuer, dessen Körper fast für aufrechten Gang geschaffen schien und das auf den Hinterbeinen lief, während die Vorderpfoten nur in Intervallen den Boden berührten, um den faßförmigen Körper im Gleichgewicht zu halten. Dieses Wesen war eine besonders gefährlich aussehende Monstrosität mit langen gelben Reißzähnen, und Carver erwählte es als sein erstes Opfer.

Das Tier brach ohne einen Laut zusammen, bevor der Schuß verhallt war; die Pistolenkugel hatte es in den Schädel getroffen. Das Rudel antwortete mit einem wütenden Chor aus Gebell, Geheul, Knurren und gellenden Schreien. Sie wichen momentan zurück, kamen dann vorwärts.

Wieder feuerte Carver. Ein rotäugiges, hüpfendes Ding lag kreischend und zappelnd im Sand. Die anderen hielten sichtlich beunruhigt inne. Knurrend beäugten sie ihn mit ihren roten und gelblichen Lichtern.

Carver fuhr zusammen, als ein anderes Geräusch an sein Ohr kam, ein Schrei, dessen Natur er nicht bestimmen konnte, der aber von einer Stelle zu kommen schien, wo am Waldrand eine überwucherte Basaltklippe erkennbar war. Der Schrei hörte sich an, als triebe irgendein unsichtbarer Beobachter das Rudel zum Angriff an, und tatsächlich faßten die Bestien wieder Mut und rückten gegen ihn vor. Im gleichen Augenblick traf ein kraftvoll geschleuderter Stein schmerzhaft Carvers Schulter.

Er wankte einen Schritt rückwärts, dann suchte er mit seinen Augen den Buschrand ab. Ein geworfener Stein bedeutete Menschen. Die verrückte Insel beherbergte mehr als diese grotesken Bestien.

Ein zweiter Anfeuerungsschrei, und ein weiterer Stein summte an seinem Kopf vorbei. Aber diesmal hatte er die Bewegung auf der Basaltklippe gesehen und feuerte augenblicklich.

Ein Schrei. Zweige brachen, und eine menschliche Gestalt fiel kopfüber von der drei Meter hohen Klippe in das Gestrüpp an ihrem Fuß. Das Rudel stob heulend auseinander, als hätte diese Schaustellung von Macht den Mut der Bestien endgültig gebrochen. Sekunden später waren sie im Wald untergetaucht.

Carver wartete eine Weile, dann ging er vorsichtig zu der Stelle, wo sein Angreifer liegengeblieben war.

Die Gestalt war zweifellos menschlich — aber war es wirklich ein Mensch? Hier auf dieser vom Wahnsinn gestreiften Insel, wo die Arten alle Formen anzunehmen schienen, zögerte Carver, dieses Zugeständnis zu machen. Er beugte sich über seinen gefallenen Widersacher, der auf dem Gesicht lag, dann wälzte er den Körper herum. Er stierte.

Es war ein Mädchen. Ihr Gesicht, still und gelöst wie das einer Buddhastatue, war jung und lieblich und hatte feine Züge, denen aber selbst in der Ohnmacht eine Wildheit eigen war. Ihre geschlossenen Augen waren leicht schräggestellt.

Ihre Haut war zerkratzt und bräunlich, doch wo ihr einziges Kleidungsstück — ein ungegerbtes, bereits steif und brüchig gewordenes graues Tierfell — sich im Sturz verschoben hatte, war sie heller. Es schien, daß sie eine Weiße war.

Hatte er sie tödlich verwundet? Beunruhigt suchte er nach der Schußwunde und fand sie schließlich in einer schwach blutenden Streifschußverletzung über ihrem rechten Knie. Sein Schuß hatte sie nur aus dem Gleichgewicht gebracht; der Sturz von dem drei Meter hohen Felsen hatte den wirklichen Schaden angerichtet, wie eine blutige Anschwellung ihrer linken Schläfe zeigte. Aber sie lebte.

Er hob sie auf und schleppte sie über den Strand, fort vom Waldrand, wo ihre seltsame Meute noch immer lauern mußte.

Er schüttelte seine halbleere Wasserflasche und goß ihr vorsichtig etwas Wasser in den Mund. Sie hustete und spie, und dann schlug sie ihre Augen auf, um verständnislos in Carvers Gesicht zu starren, das über dem ihren hing. Dann weiteten ihre Augen sich. Sie versuchte aus dem Sand hochzukommen und fiel wieder zurück, weil ihre Beine sie nicht tragen wollten. Schließlich blieb sie völlig passiv liegen, ohne aber ihre erschreckten Augen von Carvers Gesicht abzuwenden.

Aber Carver war nicht viel weniger verdutzt als sie. Als sie die Augen aufschlug, flammten sie ihn bernsteingelb und wild wie die Augen einer dem Pan Geweihten an. Sie beobachtete den Zoologen mit der Aufmerksamkeit eines gefangenen Vogels, aber ohne dessen Furchtsamkeit, denn er sah ihre Hand nach einem zugespitzten Stock oder Holzmesser fummeln, das in einem Schlitz ihres Fellkleides steckte.

Er hielt ihr seine Wasserflasche hin, und sie schreckte vor seiner ausgestreckten Hand zurück. Er schüttelte den Behälter, und auf das Glucksen hin nahm sie die Aluminiumflasche vorsichtig an, schüttete etwas Wasser in ihre hohle Hand und roch zu Carvers Erstaunen daran, wobei ihre Nasenflügel sich weit aufblähten. Dann trank sie aus ihrer Hand, schüttete nach und trank wieder. Es kam ihr offenbar nicht in den Sinn, direkt aus der Flasche zu trinken.

Allmählich kam sie zu klarem Verstand. Sie erblickte die Kadaver der zwei erschossenen Monstren und gab murmelnde Laute der Trauer von sich. Als sie einen neuen Versuch machte, auf die Füße zu kommen, schmerzte sie die Streifschußwunde, und mit einem Wehlaut und erneuter Angst richtete sie ihre seltsamen Augen auf Carver.

»Thumbi?« fragte er. »Du Maori?«

Kein Resultat. Sie blickte auf seine Pistole, zeigte dann auf den Kratzer an ihrem Bein und die Prellung an ihrer Schläfe; anscheinend schrieb sie beide der Waffe zu.

Carver nickte grimmig. Es konnte nicht schaden, wenn er das Mädchen mit seiner Macht beeindruckte. »Paß auf!«

Er zielte auf den erstbesten Gegenstand, den er sah — einen ausgebleichten toten Ast im Sand. Er war armdick, aber er mußte schon vor langer Zeit angetrieben sein, denn statt ihn zu durchbohren, wie Carver erwartet hatte, zerfetzte die Kugel das morsche Holz, und der Ast zerbrach in zwei Teile.

Das Mädchen schrie und preßte beide Hände an ihre Ohren; dann sprang es in Panik auf und wollte fliehen.

»Nichts da!« sagte Carver und hielt sie am Arm zurück. »Du bleibst hier!«

Er staunte über ihre geschmeidige Kraft. Ihre freie Hand riß den hölzernen Dolch heraus, und er packte auch dieses Handgelenk. Sie zerrte und suchte sich verzweifelt loszureißen, dann gab sie plötzlich auf und stand still, ohne Widerstand zu leisten.

Er ließ sie los. »Setz dich!« knurrte er.

Sie gehorchte seiner Geste, setzte sich in den Sand und blickte aus ihren wachsamen, honigfarbenen Augen zu ihm auf.

»Wo sind deine Leute?« fragte er scharf, zeigte auf sie und anschließend in einer umfassenden Geste auf den Wald.

Sie starrte verständnislos, und er variierte seinen Symbolismus. »Dein Haus?« Und er machte eine Pantomime des Schlafens.

Das Ergebnis war das gleiche, nur ein besorgter Ausdruck in ihren unwahrscheinlichen Augen.

»Zum Teufel!« murmelte er. »Du hast doch einen Namen, nicht wahr? Einen Namen. Paß auf!« Er tippte auf seine Brust. »Alan. Kapiert? Alan. Alan.«

Das verstand sie sofort. »Alan«, wiederholte sie pflichtbewußt.

Aber als er versuchte, ihren Namen in Erfahrung zu bringen, versagte sie vollkommen. Die einzige Wirkung seiner Bemühungen war zunehmende Verwirrung in ihren Zügen. Zuletzt beschränkte er sich auf das Problem, ihr klarzumachen, daß sie ihn zu ihrem Heim und ihren Leuten führen solle. Nachdem er die Möglichkeiten seiner Zeichensprache nahezu erschöpft hatte, schien sie endlich zu begreifen.

Sie erhob sich unsicher und stieß einen sonderbaren, traurig-langgezogenen Ruf aus. Er wurde sofort aus dem Busch beantwortet, und Carver sah mit Unbehagen das gleiche Rudel unbestimmbarer Bestien hervorkommen, dessen Bekanntschaft er bereits gemacht hatte. Die Tiere näherten sich trottend, mieden aber die Nähe ihrer toten Gefährten.

Carver riß seine Pistole heraus. Auf seine Bewegung folgte ein Angstgeheul des Mädchens, und sie warf sich mit ausgebreiteten Armen vor ihn, als wollte sie die wilde Meute vor seiner Waffe beschützen. Sie sah ihn angstvoll aber zugleich trotzig an, und auch eine verwirrte Frage war in ihrem Gesicht. Es war, wie wenn sie ihn anklagte, daß er ihr befohlen habe, ihre Gefährten zu rufen, nur um sie dann zu töten.

Er zuckte die Schultern, schüttelte den Kopf und sagte: »Ich will sie nicht in meiner Nähe haben. Schick sie fort.«

Sie gehorchte seiner befehlenden Geste. Das unheimliche Rudel schlich gehorsam in den Wald zurück, und das Mädchen ging zögernd rückwärts, als wollte es ihnen folgen, blieb auf Carvers Wort aber sofort stehen. Sie hatte sich gefangen, und ihre Haltung war von Furcht und Neugierde bestimmt, doch Carver schien es, daß ihre Faszination die Oberhand gewonnen hatte. Anscheinend war sie sich über die Natur des Zoologen nicht im klaren.

Dies war ein Gefühl, das er bis zu einem gewissen Grad teilte, denn auf dieser verrückten Insel ein weißes Mädchen anzutreffen, war nichts weniger als mysteriös.

»Wir werden dich Lilith nennen«, sagte er nachdenklich.

Der Name paßte zu ihren wilden, vollkommenen Zügen und ihren bernsteinfarbenen Augen. Lilith, das geheimnisvolle Wesen, das Adam nach der Legende im Paradies vorfand, bevor Eva geschaffen wurde. »Lilith«, wiederholte er und zeigte auf sie. »Allan — Lilith. Siehst du?«

Sie imitierte die Worte und die Geste. Ohne Frage akzeptierte sie den Namen, den er ihr gegeben hatte, und daß sie das Wort als einen Namen verstanden hatte, war durch ihre Reaktion klar. Als er ihn einige Minuten später wieder aussprach, blickten ihre Bernsteinaugen sofort in sein Gesicht und warteten in stummer Frage.

Carver lachte, zog seine Pfeife aus der Jacke und stopfte sie. Er riß ein Zündholz an und setzte sie in Brand. Das Mädchen stieß einen leisen, faszinierten Laut aus, und als er aufblickte, sah er ihre ausgestreckte Hand. Er begriff nicht gleich, was sie suchte, und dann schlossen ihre Finger sich um das noch brennende Zündholz! Sie hatte versucht, die Flamme anzufassen.

Sie schrie vor Schmerz und Angst. Sofort erschien das Rudel ihrer treuen Anhänger am Waldrand und machte zornigen Gefühlen lärmend Luft. Diesmal wartete Lilith trotz ihrer schmerzhaften Überraschung nicht, bis Carver seine Pistole gezogen hatte, und brachte die Bestien mit beruhigenden Lauten zum Verstummen. Sie lutschte auf ihren angesengten Fingern und gab ihm einen unsicher fragenden Blick. Carvers Verwunderung nahm zu. Sie kannte kein Feuer!

In seiner Kiste hatte er eine Flasche Alkohol; er holte sie, zerriß sein Taschentuch und band einen befeuchteten Streifen um ihre zwei verbrannten Finger, an denen sich bereits Blasen bildeten. Dann betupfte er die Streifschußverletzung an ihrem Bein. Sie stöhnte leise, und als das Brennen nachließ, lächelte sie, während ihre seltsamen Bernsteinaugen wie gebannt die Rauchwolken aus seiner Pfeife betrachteten und ihre Nasenflügel den scharfen Tabakgeruch schnupperten.

»Was soll ich jetzt mit dir anfangen?« fragte Carver nachdenklich.

Lilith hatte offenbar keinen Vorschlag.

»Wenigstens müßtest du wissen, was man auf dieser Insel essen kann«, sagte er und führte ihr eine Pantomime des Essens vor.

Das Mädchen verstand sofort, stand auf, ging zu der Stelle, wo die hundeartige Katze lag und schien einen Moment den Geruch des Kadavers zu schnuppern. Dann zog sie ihr hölzernes Messer, stemmte einen bloßen Fuß auf den Tierkörper und hackte und riß ein Stück Fleisch heraus. Sie hielt ihm den blutigen Fetzen hin und war sehr überrascht, daß er mit entschiedener Gebärde ablehnte.

Nach einem weiteren zweifelnden Blick zu Carver biß sie selber in das Fleisch und begann mit unverkennbarem Genuß zu kauen.

Aber Carvers eigener Hunger war ungestillt, und er grübelte über das Problem, wie er sich ihr verständlich machen könnte. Schließlich fiel ihm etwas ein. Er zeigte auf das Fleisch in ihren Händen, winkte dann zu den Bäumen hinüber. »Früchte«, sagte er. »Von den Bäumen.« Und er spielte ihr eine Pantomime des Pflückens und Essens vor.

Das begriff sie gleich. Es war komisch, wie rasch sie manche Dinge verstand, während andere, ebenso einfache Sachverhalte einfach über ihr Begriffsvermögen zu gehen schienen. Es war sonderbar, wie fast alles auf dieser Insel. War Lilith womöglich auch eine Mutation? Er folgte ihr zum Waldrand, wo sie die bröckelige Böschung hinaufsprang und wie ein Schemen im Blätterdschungel untertauchte. Carver kämpfte sich unbeholfen hinterdrein, alarmiert von ihrer Gewandtheit; hier im Wald konnte sie ihm so leicht entwischen wie eine Maus. Zwar hatte er kein Recht, sie zurückzuhalten, abgesehen von dem fragwürdigen Anlaß, den ihr Angriff ihm gegeben hatte; aber er wollte sie nicht verlieren — noch nicht. Oder vielleicht gar nicht mehr.

Nach zehn Schritten im Dickicht rief er: »Lilith!«

Sie kam, keine drei Meter entfernt, zum Vorschein. Sie stand unter einem merkwürdigen Rankengewächs, das grünlichweiße Früchte von der Form und Größe kleiner

Hühnereier trug. Lilith pflückte eine, brach sie mit geschickten Fingern auf und hob eine Hälfte an ihre Nase. Sie schnüffelte vorsichtig und lange, dann warf sie die Frucht fort.

»Pa bo!« sagte sie und rümpfte die Nase.

Kurz darauf fand sie eine andere Art wenig einnehmender Früchte, bestehend aus fünf fingerartigen Auswüchsen auf einer schwammig aussehenden Scheibe, so daß das Ganze den Anschein einer großen, mißgestalteten Hand hatte. Sie beroch die Frucht so sorgfältig wie zuvor, dann lächelte sie Carver von der Seite an.

»Bo!« sagte sie und streckte ihm das Ding hin.

Carver zögerte. Schließlich war noch keine Stunde vergangen, seit das Mädchen versucht hatte, ihn umzubringen. War es nicht möglich, daß sie dieses Ziel auch jetzt verfolgte und ihm eine giftige Frucht anbot?

Sie schüttelte das unangenehm geformte Ding. »Bo!« wiederholte sie, und dann, als ob sie sein Zögern genau verstünde, brach sie einen der fingerförmigen Auswüchse ab und steckte ihn in den Mund. Sie lächelte.

»Gut, genug, Lilith.« Er lächelte zurück und nahm die Frucht an. Sie schmeckte besser, als ihr Aussehen vermuten ließ. Das Fleisch hatte einen herbsüßen Geschmack, der ihm auf eine unbestimmte Weise bekannt vorkam, aber er konnte ihn nicht identifizieren.

Nachdem er gegessen hatte, lenkte Carver seine Gedanken in andere Bahnen. Irgendwo auf der Insel war das Geheimnis dieser biologischen Unordnung, und es erschien ihm vernünftiger, den Ursachen auf den Grund zu gehen, als seine Zeit mit der endlosen Aufgabe der Klassifizierung zu vergeuden. Er mußte die Insel erforschen. Irgendein vulkanisches Gas, überlegte er vage, konnte für die monströsen Mutationen verantwortlich sein, oder eine radioaktive Ablagerung. Es mußte eine Antwort geben.

»Komm mit, Lilith«, sagte er und zeigte nach Westen, wo die höchste Erhebung der Insel war. Sie folgte ihm gehorsam. Nachdem sie sich eine gute halbe Stunde lang durch

dichtes Unterholz gekämpft hatten, begann der Boden anzusteigen, und sie kamen besser voran. Austin Island war wie die Aucklands dicht bewaldet, aber es war ein Wald der gemäßigten Breiten, kein tropischer Dschungel, und auf den Hängen der vulkanischen Basaltkuppen war das Unterholz weniger dicht als in den Niederungen.

Ein Schatten flitzte durch das grüne Laubdach davon, dann ein zweiter. Aber der erste war nur eine Königstaube, der zweite ein Eulenpapagei. Die Vögel auf Austin Island waren normale Vertreter der südpazifischen Vogelwelt. Warum? Weil sie nicht an eine Insel gebunden waren; sie flogen oder wurden von Stürmen von Insel zu Insel getragen.

Der Nachmittag war halb vorbei, als sie den Gipfel erreichten, eine kahle Kuppe aus schwarzem Basalt wie ein Wachtturm. Er kletterte das letzte Stück über den erodierten Fels und stand mit Lilith auf der kleinen Gipfelfläche. Sie blickten über das zentrale Tal hinaus nach Osten zu dem Hügel am anderen Ende, dessen vulkanische Kuppe kaum niedriger erschien, als die, auf der sie standen.

Dazwischen breitete sich der wilde Wald aus, in dessen Tiefen hier und dort blaugrüne Schatten spielten, wo der Seewind die Baumkronen bewegte. In der Mitte des Tals schimmerte an mehreren Stellen Wasser durch das Grün. Das mußte der kleine Bach sein, dessen Mündung er gesehen hatte. Aber nirgendwo gab es ein Zeichen menschlicher Besiedlung, das Liliths Anwesenheit erklärt hätte: keine Lichtung, keine Hütten, nichts.

Das Mädchen berührte leicht seinen Arm und deutete auf den gegenüberliegenden Hügel.

»Pa bo!« sagte sie. Er schaute sie fragend an, und sie merkte, daß er nicht verstand. »R-r-r-r!« knurrte sie und entblößte dabei die Zähne. »Pa bo, le scha.« Und wieder zeigte sie auf den östlichen Hügel.

Versuchte sie ihm klarzumachen, daß in der Gegend dort wilde Bestien hausten? Carver konnte ihre Erläuterung nicht anders interpretieren, und sie hatte den gleichen Ausdruck gebraucht wie für die giftigen oder einfach nicht eßbaren Früchte.

Er spähte zur östlichen Erhebung hinüber, dann stutzte er. Da war etwas, nicht auf dem Hügel, sondern weiter unten in der Nähe des Wasserlaufs, wo der Hang auslief.

An seiner Seite hing der Prismenfeldstecher, den er für die Identifizierung von Vögeln brauchte. Er hielt ihn an die Augen. Was er sah, war noch immer nicht klar genug, um ganz sicher zu sein, aber es schien sich um die überwucherten Mauerreste eines kleinen Hauses zu handeln.

Die Sonne sank am Westhimmel abwärts. Zu spät am Tag für eine Erforschung, aber die Ruine oder was es war, würde morgen auch noch dort stehen. Er merkte sich die Stelle und machte sich mit Lilith an den Abstieg.

Als es dunkler wurde, begann Lilith einen seltsamen Widerwillen zu zeigen, je weiter nach Osten sie kamen. Manchmal zog sie an seinem Arm, manchmal blieb sie zurück, um dann doch mitzukommen. Zweimal sagte sie: »No, no!«, und Carver fragte sich, ob das Wort Teil ihres eigenen Vokabulars sei, oder ob sie es von ihm habe.

Trotz der Früchte, die Lilith dann und wann für ihn pflückte, war er wieder hungrig. Am Strand konnte er einen Riesenvogel schießen, sammelte Treibholz, und als die Nacht kam, zündete er das Feuer an.

Er lachte über Liliths Entsetzen, als die Flamme vom Zündholz im ausgetrockneten Tang Nahrung fand und auf das Treibholz übergriff. Ohne Zweifel erinnerte sie sich ihrer versengten Finger, und sie umkreiste vorsichtig das knisternde Feuer, um sich schließlich hinter Carver niederzukauern, während er den großen Vogel rupfte und ausnahm.

Sie starrte verständnislos, als er seine tranige Jagdbeute aufspießte und über dem Feuer röstete, aber er lächelte, wie ihre empfindliche Nase den fremdartigen Geruch brennenden Holzes und gebratenen Fleisches schnüffelte.

Als der Vogel gar war, schnitt er ihr eine Portion heraus und lächelte wieder über ihre Bestürzung. Sie aß das etwas zähe und tranig schmeckende Fleisch, aber sehr behutsam, verwundert über die Hitze und den veränderten Geschmack; fraglos hätte sie es roh und blutig vorgezogen.

Das Feuer brannte nieder. Carver gähnte bedeutungsvoll und lächelte sie an. »Es ist deine Sache, was du tun willst«, sagte er freundschaftlich. »Ich würde mich freuen, wenn du in der Nähe bliebst, aber ich bestehe nicht darauf.«

Sie antwortete mit ihrem schnellen, blitzenden Lächeln, aber sie sagte nichts. Carver streckte sich im Sand aus, und nach einer Weile schlief er übermüdet ein.

Sein Schlaf war entschieden unruhig. Der wilde Chor der Nachtgeräusche beunruhigte ihn wieder mit seinen unerklärlichen Stimmen, und als er einmal die Augen aufschlug, sah er das Mädchen unverwandt in die Glut des erlöschenden Feuers starren. Einige Zeit später wachte er wieder auf; vom Feuer war nur noch ein kleiner, rötlich glühender Rest übriggeblieben, aber Lilith stand. Während er sie aus halbgeschlossenen Lidern beobachtete, entfernte sie sich zum Wald. Er fühlte einen leisen Schmerz; sie verließ ihn.

Doch er irrte. Sie beugte sich über etwas Dunkles — den Körper einer der beiden Monstrositäten, die er erschossen hatte. Es war der Kadaver des großen, hüpfenden Ungetüms. Sie versuchte ihn aufzuheben, und als sie das Gewicht zu schwer fand, zerrte sie ihn mühsam über den Sand auf das Felsriff hinaus und wälzte ihn in die dunkle See.

Langsam kehrte sie zurück. Sie hob den kleineren Körper mit beiden Armen auf und trug ihn wie ein Kind zum Riff, wo sie auch ihn dem Ozean übergab. Danach stand sie lange Minuten bewegungslos. Als sie schließlich zurückkehrte und sich in der Nähe der Feuerstelle in den Sand warf, hörte er sie leise weinen. Er begriff, daß er Zeuge eines Begräbnisses gewesen war.

Die aufgehende Sonne weckte ihn. Lilith schlief noch, wie ein Kind im Sand zusammengerollt, und er stand eine Weile und betrachtete sie. Sie war sehr schön, und nun, da ihre seltsamen Augen geschlossen waren, erschien sie ihm viel weniger geheimnisvoll. Einfach ein schönes, wildes, primitives Mädchen. Doch er begann die verrückte Wahrheit über Austin Island zu ahnen, und wenn seine Ahnung sich als richtig herausstellte, dann könnte er sich geradeso gut in eine Sphinx, eine Meerjungfrau oder einen weiblichen Zentaur verlieben.

Er holte Luft, seufzte und rief: »Lilith!«

Sie erwachte erschreckt, Panik in den Augen. Dann erinnerte sie sich und gab ihm ein unsicheres Lächeln, das ihn bis ins Innerste rührte.

Er lächelte zurück und machte eine auffordernde Geste, und sie folgte ihm zum Wald. Von ihren tierischen Leibwächtern war nichts zu sehen, obwohl Carver ein Gefühl hatte, daß sie in der Nähe waren. Er frühstückte mit Früchten, die sie für ihn aussuchte. Ihre Nase wußte mit unbeirrbarer Sicherheit unter der fast unbegrenzten Vielfalt zu unterscheiden.

Nach der Mahlzeit wanderten sie am Strand entlang nach Osten. Carver hatte vor, dem kleinen Wasserlauf aufwärts bis zu den Ruinen der Hütte zu folgen, wenn es Ruinen einer Hütte waren. Wieder bemerkte er die Nervosität des Mädchens, als sie dem Wasser näherkamen, dessen Lauf das Tal durchschnitt. Wenn ihre Ängste nicht auf bloßem Aberglauben beruhten, mußte es dort etwas Gefährliches geben. Er fühlte nach der Pistole in seiner Jackentasche und ging weiter.

Etwa hundert Meter landeinwärts, am sumpfigen Ufer des kleinen Baches, begann Lilith Schwierigkeiten zu machen. Sie faßte seinen Arm, zog daran und winselte in furchtsamer Wiederholung: »No, no, no!«

Als er sie ungeduldig fragend anschaute, konnte sie nur ihren Ausdruck vom Vortag wiederholen. »Le scha«, sagte sie angstvoll. »Le scha!«

Er hob nicht verstehend die Schultern, dann gab er ihr einen ermutigenden Klaps auf den Rücken, lächelte und zeigte ihr die Pistole.

Aber nach kurzer Zeit blieb Lilith zurück. Sie brachte es nicht über sich, ihm weiter in den Wald zu folgen. Er blieb stehen, blickte zurück zu ihrer schmalen, lieblichen Gestalt, drehte um und ging weiter. Es war besser, sie blieb, wo sie war. Es war besser, wenn er sie nie wiedersah, denn sie war zu schön, daß ein Mann von ihrer Gegenwart unberührt bleiben konnte.

Aber Lilith rebellierte. Sobald sie merkte, daß er zum Weitergehen entschlossen war, rief sie ängstlich: »Alan! Al—an!«

Er drehte sich nach ihr um, erstaunt, daß sie seinen Namen behalten hatte, und sah sie zu ihm rennen. Sie war blaß und zitterte vor Angst, aber sie ließ ihn nicht allein gehen.

Ihr Verhalten erschien ihm um so rätselhafter, als nichts darauf hindeutete, daß diese Region der Insel gefährlicher war als der Rest. Die Vegetation wies die gleiche verrückte Überfülle von Formen und Arten auf, die gleichen unklassifizierbaren Blätter, Früchte und Blüten. Nur — oder bildete er es sich ein? — es gab weniger Vögel.

Sie kamen langsam vorwärts. Zuweilen schien das Ostufer des Wasserlaufes offener und besser gangbar zu sein als ihre Seite, aber Lilith weigerte sich standhaft, ihn hinüberzulassen. Wenn er es versuchte, klammerte sie sich so verzweifelt und heftig an seine Arme, daß er nachgab und seinen Weg weiter durch Morast und Unterholz bahnte. Es war, als ob der Bach eine Trennlinie darstellte, oder — er runzelte die Brauen — eine Grenze.

Um die Mittagszeit hatten sie einen Punkt erreicht, der nicht mehr weit von der Stelle sein konnte, die Carver suchte. Er spähte durch den grünen Tunnel, der sich über den Wasserlauf wölbte, und gerade voraus, so überwachsen, daß es vollkommen mit dem Wald verschmolzen war, sah er es.

Es war der Rest einer Hütte. Die zerbröckelnden Außenmauern aus Bruchsteinen standen noch, aber das Dach, zweifellos aus Farnwedeln oder ähnlich vergänglichem Material gemacht, war längst eingefallen. Aber die Anlage mit ihren Fenster- und Türöffnungen bewies, daß es keine Eingeborenenhütte gewesen war. Dieses ebenerdige kleine Haus, mit zwei oder drei Räumen hatte einmal einem weißen Mann gehört.

Es stand am Ostufer des kleinen Baches, der hier im abschüssigen Gelände kleine gurgelnde Wasserfälle und Tümpel bildete. Carver sprang hinüber, ohne sich um Liliths ängstlichen Ausruf zu kümmern. Aber nach einem kurzen Blick in ihr Gesicht blieb er stehen. Ihre honigfarbenen Augen waren angstgeweitet, während ihre Lippen eine gespannte kleine Linie grimmiger Entschlossenheit bildeten. Sie sah aus, wie eine Märtyrerin im alten Rom ausgesehen haben mußte, wenn sie sich in der Arena den Löwen gegenübersah.

Doch innerhalb der brüchigen Mauern war nichts, was ihre Angst hätte rechtfertigen können. Bis auf ein rattenartiges kleines Wesen, das bei ihrem Erscheinen davonhuschte, war überhaupt kein Tierleben zu sehen. Carver blickte umher. Zwischen den verfaulenden Resten der Dachträger und einiger Möbelstücke wuchsen Farne, Gras und ein paar bereits übermannshohe Büsche. Es mußten viele Jahre vergangen sein, seit dieser Ort menschliche Bewohner gesehen hatte, dachte Carver; mindestens eine Dekade.

Sein Fuß stieß gegen etwas. Er bückte sich und sah einen menschlichen Schädel und einen Schenkelknochen zwischen vermodertem Laub. Er stocherte weiter und sah mehr Knochen, aber keiner von ihnen war in seiner natürlichen Position. Ihr ehemaliger Besitzer mußte gestorben sein, wo die rostigen Sprungfedern einer verfaulten Couch in einer Ecke durcheinanderlagen. Dann war er von irgendwelchen Tieren hierhergezerrt worden.

Er warf Lilith einen verstohlenen Seitenblick zu, aber sie starrte unverwandt und furchtsam in östliche Richtung. Sie hatte die Gebeine nicht bemerkt, oder wenn sie sie gesehen hatte, bedeuteten sie ihr nichts. Carver stocherte behutsam weiter, um vielleicht einen Anhaltspunkt für die Identität des lang Verblichenen zu finden, aber außer einer rostigen Gürtelschnalle entdeckte er nichts. Das war wenig;

schon an den Beckenknochen hatte er gesehen, daß es ein männliches Skelett war. Die meisten Reste lagen unter einer dicken, modernden Laubschicht. Er stieß mit dem Stiefel in den Fragmenten eines kleinen Schrankes herum, und wieder traf sein Fuß etwas Hartes und Rundes — kein Schädel diesmal, sondern ein gewöhnliches Konservenglas.

Er hob es auf. Es war etwas darin. Die Korrosion von Jahren hatte den Schraubdeckel hoffnungslos festfressen lassen; Carver zerschlug das Glas auf einem Stein. Was er in den Scherben fand, war ein Notizbuch, stockfleckig und im Zerfall begriffen. Er fluchte leise, als ein Dutzend Seiten sich in seinen Händen auflöste, aber was übrigblieb, schien fester zu sein. Er setzte sich in eine Fensteröffnung und überflog die verblaßte Schrift.

Die Innenseite des Deckels trug Namen und Datum. Der Name war Ambrose Callan, und das Datum war der 25. Oktober 1921. Er legte die Stirn in Falten. 1921 war er noch in die Schule gegangen, doch der Name Ambrose Callan hatte einen vertrauten Klang.

Er las mehr von den verblaßten Zeilen, dann starrte er nachdenklich ins Leere. Das also war Callan gewesen. Er entsann sich der Callan-Expedition, weil er sich als Junge für ferne Länder, Entdeckungen und Abenteuer interessiert hatte. Professor Callan; er begann sich zu erinnern, daß Morgan in seinen Arbeiten über künstlich erzeugte Mutationen — die er synthetische Evolution nannte — auf Callans Beobachtungen zurückgegriffen hatte.

Aber Morgan war es nur gelungen, durch Bestrahlung mit harten Röntgenstrahlen ein paar neue Unterarten der Fruchtfliege Drosophila zu erzeugen. Kein Vergleich mit dieser verrückten Insel.

Liliths plötzliches Angstgewinsel schreckte ihn aus seiner Lektüre auf. »Le scha!« schrie sie. »Alan, le scha!«

Er folgte ihrer Blickrichtung, sah jedoch nichts. Ihre Augen waren vermutlich schärfer als seine, aber — da! In den tiefen Nachmittagsschatten des Waldes bewegte sich etwas. Einen Moment sah er es deutlich — ein bösartiges kleines

Ungeheuer wie das katzenäugige Schreckensding, das er am Bach beim Trinken überrascht hatte. Wie es? Nein, dasselbe; es mußte dasselbe sein, denn hier auf Austin Island glich keine Kreatur der anderen.

Das Ding verschwand, bevor er seine Waffe ziehen konnte, aber im Unterholz lauerten andere Gestalten, andere Augenpaare, aus denen eine nichtmenschliche Intelligenz zu leuchten schien. Er feuerte und hörte einen sonderbar quäkenden Schrei, und die Gestalten schienen sich für eine Weile zurückzuziehen. Aber sie konnten jeden Augenblick wiederkommen.

Er steckte das Notizbuch in eine Tasche und faßte Lilith am Handgelenk, denn sie stand wie gelähmt vor Entsetzen. Sie wirkte benommen, halb hypnotisiert von den Bestien, die ihnen folgten. Carver feuerte einen weiteren Schuß in die Schatten.

Das schien Lilith zur Besinnung zu bringen. »Le scha!« wimmerte sie noch einmal, dann hatte sie ihre Fassung wiedergewonnen. Sie stieß ihren komischen Lockruf aus, der aus zwei Richtungen zugleich beantwortet wurde.

Ihre Meute sammelte sich zu ihrer Verteidigung.

Carver vergaß niemals diesen Rückzug den kleinen Wasserlauf abwärts. Nur das Delirium selbst könnte eine hinreichende Beschreibung der wilden Kämpfe liefern, deren Zeuge er wurde, der unirdischen Schreie der ineinander verbissenen unnatürlichen Geschöpfe, Bestien, die mit der wahnsinnigen Wildheit von Ausgestoßenen kämpften. Ohne die Intervention ihrer Meute wären er und Lilith wahrscheinlich innerhalb von Minuten überwältigt worden.

Carver sah oder fühlte etwas, das ihm zuvor nahezu entgangen war. Wie immer ihre äußere Gestalt und ihr Aussehen sein mochten, Liliths Meute war hundeähnlich. Gewiß nicht in den Formen; es saß viel tiefer. In der Natur ihres Charakters; das war es.

Und ihre Feinde, alptraumhafte Kreaturen, hatten etwas Katzenartiges in ihrem Charakter und ihrem Verhalten. Ihre Kampfesweise, zum Beispiel — fast stumm, mit tödlichen

Krallen und nadelspitzen Zähnen, lauernd, anspringend, sich verkrallend. Ihre äußeren Formen reichten von der quasi-menschlichen Gestalt des kleinen Dämonen vom Bach bis zu schlangenköpfigen Ungeheuern von der Größe und Geschmeidigkeit eines Panthers. Und sie kämpften mit einer Intelligenz, die schon in sich abnorm war.

Carvers Pistole half. Er feuerte, wann immer er ein sichtbares Ziel hatte, was nicht zu oft vorkam; aber seine gelegentlichen Treffer schienen seinen blutrünstigen Gegnern Respekt einzuflößen.

Endlich stolperte Carver rückwärts in orangefarbenes Sonnenlicht. Der Strand! Die Sonne stand bereits dicht über dem Felsriff, und die Dunkelheit war eine Frage von Minuten — kurzen Minuten.

Hinter ihnen kamen die Überlebenden von Liliths Meute aus dem Busch, ein halbes Dutzend knurrende, blutige, keuchende und erschöpfte Unbeschreiblichkeiten. Für den Augenblick waren sie vor weiteren Angriffen sicher, denn die katzenartigen Gegner blieben in der Deckung des Busches. Carver zog sich weiter zurück. Er kämpfte einen Anflug von Verzweiflung nieder, als er die Sonne hinter das Felsriff tauchen sah. Nacht bedeutete Tod. Als er Lilith auf den breiten Rücken des Felsriffs folgte, kam die Dunkelheit.

Er sah den Angriff kommen. Schleichende Schatten lösten sich von der Baumkulisse. Unten am Fuß der Klippe winselte einer von Liliths Rudel leise. Auf dem weißen Sand zeigte sich die Gestalt des kleinen Teufels mit der halbmenschlichen Haltung, und ein bösartiges spuckendes Knurren ertönte. Es war genau, als ob die Kreatur wie ein Anführer vorwärtsgesprungen wäre, der seine Truppe zum Angriff anstacheln will.

Carver zielte und feuerte. Das Knurren wurde zu einem schmerzhaften Kreischen, und der Angriff kam.

Liliths Meute kauerte sprungbereit mit gebleckten Zähnen, aber Carver wußte, daß dies das Ende war. Er schoß sein Magazin leer. Die im schlechten Licht schwer zu treffenden Angreifer hetzten näher. Carver wechselte in fliegender Hast das Magazin. Er fühlte, wie Lilith ihren Körper spannte, gefaßt auf das Unvermeidliche.

Und dann kam der Angriff zum Stillstand. Gleichzeitig und wie auf ein Kommando verharrten die Bestien bewegungslos, und als sie sich wieder bewegten, bewegten sie sich fort — auf den Wald zu!

Carver schluckte. Ein schwach schimmerndes Licht auf der schwarzen Wand des Waldes lenkte seine Aufmerksamkeit von den wegschleichenden Bestien ab, und er fuhr herum. Unten am Strand, wo er seine Kiste zurückgelassen hatte, brannte ein großes Feuer, in dessen Schein sich menschliche Gestalten bewegten. Der unbekannte Anblick der Flammen hatte die Angreifer beunruhigt.

Er starrte. Draußen auf dem Ozean, schwarz vor dem schwach verglühenden Abendrot, war der vertraute Umriß eines kleinen Schiffes zu sehen. Die *Fortune!* Die Männer dort am Feuer waren seine Gefährten. Sie hatten seine Schüsse gehört und das Feuer als ein Orientierungssignal angezündet.

»Lilith«, würgte er hervor. »Sieh dort. Komm mit!«

Aber das Mädchen hielt zurück. Ihre Leibwächter schlichen hinter das Riff, fort vom gefürchteten Feuerschein. Lilith aber fürchtete nicht länger das Feuer, sondern die schwarzen Gestalten darum, und Alan Carver sah sich plötzlich vor die schwerste Entscheidung seines Lebens gestellt.

Er konnte sie hier zurücklassen. Er sah am tragischen Ausdruck ihrer Bernsteinaugen, daß sie ihm nicht folgen würde. Und ohne allen Zweifel wäre das die beste Lösung; denn er konnte sie nicht heiraten. Niemand könnte sie je heiraten, und sie war zu schön, um sie unter Männer zu bringen, die sie lieben würden — wie Carver es tat. Aber er schauderte ein wenig, als das Bild einer Vision vor seine Augen kam. Kinder! Was für Kinder würde Lilith zur Welt bringen? Kein Mann konnte die Möglichkeit riskieren, daß auch Lilith vom Fluch dieser Insel berührt sei.

Er wandte sich traurig ab — einen Schritt, zwei Schritte ging er auf das Feuer zu. Dann drehte er sich um.

»Komm, Lilith«, sagte er sanft. »Andere Leute haben geheiratet, gelebt und sind gestorben, ohne Kinder zu haben. Ich glaube, wir können es auch.«

Die *Fortune* glitt über schwarzblaues Wasser nordwärts auf Neuseeland zu. Während sich Carver in einem Liegestuhl räkelte, stand Halburton an der Reling und blickte sehnsüchtig zu dem blaugrau auf der Kimmung schwimmenden Buckel zurück, der Austin Island war.

»Kopf hoch, Vance«, schmunzelte Carver. »Diese Flora könntest du in hundert Jahren nicht klassifizieren, und wenn du könntest, was würde es nützen? Jede Sorte kommt sowieso nur einmal vor.«

»Ich würde zwei Zehen und einen Finger für den Versuch geben«, sagte Halburton. »Du hattest drei Tage dort, und es wären vielleicht noch mehr geworden, wenn du Malloa nicht angeschossen hättest. Sie wären nach Warekauri gesegelt, aber deine Kugel hatte seinen Arm getroffen. Das ist der einzige Grund, warum sie Macquarie angelaufen haben.«

»Das war mein Glück. Die Katzen waren schon im Begriff, uns den Garaus zu machen. Euer Feuer hat sie verscheucht.«

»Ja, die Katzen. Offen gesagt, die ganze Geschichte ist so verrückt, daß ich mir keinen Vers darauf machen kann.«

Carver grinste. »Du brauchst nur aufzupassen, und du wirst es kapieren. Zuerst konnte ich mir die Sache selbst nicht erklären, aber dann, nachdem ich Lilith begegnet war, bekam ich einen ersten Hinweis. Ich bemerkte, daß sie genießbare Früchte von ungenießbaren durch den Geruchssinn unterschied. Da begann ich zu vermuten, daß die fundamentale Natur aller lebenden Dinge auf Austin Island genau so sein müsse wie überall. Nicht die Natur der Dinge hatte sich geändert, sondern nur die Form. Verstehst du?«

»Kein bißchen.«

»Nun, der Geruch ist ein chemischer Vorgang, der viel fundamentaler als die äußere Form ist, weil das chemische Funktionieren eines Organismus von seinen Drüsen abhängt. Du weißt natürlich, was Chromosomen sind. Sie tragen die Gene, die wiederum die Determinanten des Erbgutes tragen. Der Mensch hat achtundvierzig Chromosomen, von jedem Elternteil vierundzwanzig.«

»Die hat eine Tomate auch«, sagte Halburton.

»Ja, aber die achtundvierzig Chromosomen einer Tomate tragen ein ganz anderes Erbgut, sonst könnte man nämlich den Menschen mit einer Tomate kreuzen. Aber um zu unserem Gegenstand zurückzukehren, alle Variationen in Individuen entstehen durch die Art und Weise, wie der Zufall diese achtundvierzig Chromosomen mit ihren Determinanten mischt. Die Zahl der Möglichkeiten ist ungeheuer groß, aber nicht unbegrenzt. Es gibt Begrenzungen der Größe, der Farbe, der Intelligenz. Niemand hat zum Beispiel jemals eine Menschenrasse mit himmelblauem Haar gesehen.«

»Ich weiß das alles«, sagte Halburton unmutig. »Erzähl mir lieber von Ambrose Callan und seinem Notizbuch!«

»Und das«, fuhr Carver fort zu dozieren, »ist so, weil es in menschlichen Chromosomen keine Determinanten für blaues Haar gibt. Aber — und hier kommt Callans Idee — angenommen, wir könnten die Zahl der Chromosomen in einem gegebenen Ei vermehren? Was dann? Hätte der Mensch oder die Tomate statt achtundvierzig vierhundertachtzig Chromosomen, wäre die mögliche Variationsbreite unglaublich groß.

In der Größe zum Beispiel könnte der Mensch bis auf fünfzehn bis zwanzig Meter kommen! Und in der Form — ein Mensch könnte nahezu allem ähneln, was innerhalb des Bereichs der Säugetierordnung liegt. Und in der Intelligenz ...« Er machte eine nachdenkliche Pause.

»Aber wie wollte Callan es fertigbringen, die Chromosomenzahl zu vermehren?« fragte Halburton. »Chromosome selbst sind mikroskopisch; Gene sind selbst unter höchster

Vergrößerung kaum sichtbar. Manipulationen sind bei diesen Größenordnungen nicht mehr möglich. Ich könnte mir höchstens vorstellen, daß durch Reaktionen auf chemische Reizstoffe ...«

»Ich weiß nicht, wie er es gemacht hat«, unterbrach Carver. »Ein Teil seiner Aufzeichnungen war zerstört, und die Beschreibung seiner Methode muß mit diesen Seiten verlorengegangen sein. Morgan hat mit harten Strahlungen gearbeitet, aber seine Ziele und Resultate sind andere. Er hat die Zahl der Chromosomen nicht verändert.«

Er zögerte. »Ich glaube, Callan verwendete eine Kombination von Strahlen und Injektionen. Ich weiß es nicht. Ich weiß nur, daß er vier oder fünf Jahre auf der Insel lebte und daß er nur seine Frau bei sich hatte. Er begann die Vegetation in der Umgebung seiner Hütte zu behandeln, dazu ein paar Katzen und Hunde, die er mitgebracht hatte. Dann entdeckte er, daß die Sache sich wie eine Seuche ausbreitete.«

»Ausbreitete?« echote Halburton.

»Natürlich. Jeder behandelte Baum streute Multichromosomen-Pollen in den Wind, der abartige Pollen bestäubte normale Samen, und das Resultat war eine weitere Monstrosität, ein Samen mit der normalen Chromosomenzahl von einem Elternteil und der zehnfachen — oder auch nur doppelten — vom anderen Elternteil. Die Variationsbreite war praktisch unerschöpflich. Du weißt, wie schnell Dammarafichten und Baumfarne wachsen, und diese abartigen Bastarde hatten eine viel höher mögliche Wachstumsgeschwindigkeit.

Die Monstren überrannten die Insel, erstickten die normalen Gewächse. Und Callans Strahlungen und vielleicht auch seine Injektionen veränderten gleichfalls das einheimische Tierleben — die Ratten und die Fledermäuse. Sie begannen Mutationen hervorzubringen. Callan kam 1918 nach Austin Island, und als er seine eigene Tragödie erkannte, war Austin Island eine Insel der Monstrositäten.«

»Seine eigene Tragödie? Was meinst du damit?«

»Nun, Callan war Biologe, kein Mediziner oder gar Röntgenologe. Ich weiß nicht genau, was geschah. Über lange Zeit fortgesetzte Röntgenbestrahlung ruft Verbrennungen, Geschwüre und dergleichen hervor. Vielleicht waren Callans Strahlenschutzvorrichtungen mangelhaft, oder vielleicht verwendete er eine besonders gefährliche Strahlung. Seine Frau wurde jedenfalls zuerst krank — ein Geschwür, das zu einer Krebsgeschwulst wurde.

Er hatte ein Funkgerät und beorderte seine Schaluppe, die in Christchurch lag, zur Insel. Das Boot lief bei hochgehender See auf eines der vorgelagerten Riffe und sank in Sichtweite der Insel. Das war 1921. Callan, den allmählich Verzweiflung packte, brachte es irgendwie fertig, sein Funkgerät kaputtzumachen. Er war eben auch kein Elektriker.

Es waren unruhige Zeiten, die Jahre nach dem Weltkrieg. Nachdem Callans Schaluppe verschollen war, wußte niemand genau, wo er war und was er tat und was aus ihm geworden war, und nach einer Weile vergaß man ihn. Als seine Frau starb, begrub er sie. Aber als er starb, war niemand da, ihn zu begraben. Die Abkömmlinge seiner Katzen machten sich über ihn her, und das war das.«

»Und Lilith?«

»Ja, Lilith«, sagte Carver nachdenklich. »Als ich dem Geheimnis von Austin Island auf die Spur kam, machte mir das Sorgen. War Lilith wirklich ganz menschlich? War auch sie abartig infiziert, so daß ihre Kinder so verschieden ausfallen würden wie die Nachkommen der — Katzen? Sie sprach kein Wort einer mir bekannten Sprache — so dachte ich jedenfalls —, und für mich paßte sie einfach nicht ins Bild. Aber Callans Aufzeichnungen lieferten mir die Antwort.«

»Wie?«

»Sie ist die Tochter des Kapitäns von Callans Schaluppe, und Callan konnte sie als einzige Überlebende retten, als er zur Unfallstelle ruderte. Sie war damals fünf Jahre alt, was bedeutet, daß sie jetzt annähernd zwanzig ist. Was die Sprache anging — nun, vielleicht hätte ich die wenigen stockenden Worte verstehen sollen, die sie an ihre Kindheit erinnerten. ›Pa bo‹ beispielsweise war einfach ›pas bon‹, nicht gut. Das sagte sie zu der ungenießbaren Frucht. Und ›le scha‹ sollte ›le chats‹ heißen, denn irgendwie erinnerte sie sich, daß die Kreaturen vom Ostteil der Insel Katzen waren.

Um sie sammelten sich fünfzehn Jahre lang die Hundeabkömmlinge, die trotz ihrer Form von Natur aus Hunde geblieben und ihrer Herrin treu ergeben waren.«

»Aber bist du sicher, daß Lilith der Chromosomenveränderung entgangen ist?«

»Ihr Name ist Lucienne«, sagte Carver. »Lucienne Milliez.« Er lächelte zu der schlanken Gestalt an der Heckreling hinüber. Sie trug ein paar Hosen von Jameson und sein eigenes Hemd und schaute zu ihrer in der Ferne verblassenden Heimatinsel zurück. »Ja, ich bin sicher. Als sie auf die Insel kam, hatte Callan bereits seine Geräte zerstört, die seine Frau todkrank gemacht und auch ihm schon den Keim des Todes eingepflanzt hatten. Er zerstörte seine Geräte vollständig und mit dem Wissen, daß die von ihm geschaffenen Abarten im Laufe der Zeit zum Untergang verurteilt waren.«

»Zum Untergang verurteilt?«

»Ja. Die normalen, in langer Evolution abgehärteten Arten sind stärker. Sie erscheinen bereits an den Rändern der Insel, und eines Tages wird Austin Island nicht mehr Besonderheiten aufweisen als irgendeine andere abgelegene Insel in diesem Teil des Pazifiks. Die Natur setzt sich immer wieder durch.«

Copyright © 1936 by Street & Smith Publications, Inc.

Der Rand der Unendlichkeit

Man würde kaum auf den Gedanken kommen, das Leben eines Mathematikdozenten als ein abenteuerliches anzusehen. Professoren im allgemeinen stehen in dem Ruf, eine ruhige, den Wissenschaften gewidmete Lebensweise zu führen, und ein Mathematikprofessor mag in dieser Sicht als der trockenste und langweiligste Mensch erscheinen, weil sein Fachgebiet das vielleicht trockenste und abstrakteste ist. Und doch hat auch die leblose Wissenschaft von den Zahlen ihre Träumer gehabt — Clerk Maxwell, Lobaschewski, Einstein und andere. Der letztere, der große Albert Einstein selbst, der die einzige Kette schmiedete, die jemals den Traum eines Philosophen mit experimenteller Wissenschaft verband, hämmerte die Glieder dieser Kette aus feinen mathematischen Symbolen, schattenhaft wie Gedanken, aber unzerstörbar.

Und man vergesse nicht, daß »Alice im Wunderland« von einem Träumer geschrieben wurde, der ebenfalls Mathematiker war. Nicht, daß ich mich mit diesen Männern auf eine Stufe stellen würde; ich bin praktisch genug, um den Bereich der Phantasie zu meiden. Mein Geschäft ist das Lehren.

Wenigstens ist es mein Hauptgeschäft. Wenn die Gelegenheit sich ergibt, mache ich nebenbei ein wenig statistische Arbeit für Industrieunternehmen. Im Telefonbuch findet man meinen Namen mit einem Zusatz: Abner Aarons, Statistiker und beratender Mathematiker. So ergänze ich mein Dozentengehalt, und manchmal stoße ich tatsächlich auf etwas Interessantes. In der Hauptsache besteht solche Arbeit natürlich in der graphischen Darstellung von Verbrauchergewohnheiten für Warenhersteller oder von Bevölkerungszunahmen in dieser oder jener Gegend für Behörden und Plankommissionen.

Und gelegentlich erkundigt sich irgendeine aufstrebende Werbeagentur bei mir, wie viele Sardinenbüchsen benötigt würden, um den Panamakanal zu füllen, um daraus eine wirkungsvolle Anzeige zu destillieren. Nicht gerade aufregende Arbeit, aber sie hilft finanziell.

So war ich nicht sonderlich überrascht, an jenem Julimorgen einen Anruf zu erhalten. Die Universität hatte für die Sommermonate geschlossen; die Sommerkurse sollten in einer Woche beginnen, allerdings ohne den Vorzug meiner Anwesenheit. Ich wollte Urlaub machen und in zwei oder drei Tagen nach Vermont in ein kleines Dorf fahren, wo es die Bachforellen nicht kümmerte, ob am anderen Ende der Angel ein hungriger Landstreicher, der Präsident der USA oder ein Professor war. Und ich wollte allein fahren; ein Dreivierteljahr vor einem Hörsaal voller Kaulquappen, die sich Universitätsstudenten nannten, hatte jedes Verlangen nach menschlicher Gesellschaft abgetötet.

Nichtsdestoweniger bin ich nicht verschwenderisch genug, um die Gelegenheit einer Nebeneinnahme zu mißachten, und der Anruf war alles andere als unwillkommen. Selbst ein bescheidener Urlaub, wie ich ihn plante, kann das finanzielle Fundament eines Dozenten und Hilfsprofessors unterhöhlen. Und die Arbeit hörte sich wie einer von diesen ziemlich lukrativen und recht einfachen Aufträgen an.

»Hier ist Court Strawn«, verkündete das Telefon. »Ich bin Chemiker und habe eine Serie von Experimenten abgeschlossen. Ich möchte sie tabellarisch geordnet und die Resultate analysiert haben. Machen Sie so etwas?«

Ich bejahte.

»Es wird nötig sein, daß Sie wegen der Unterlagen hierher kommen«, fuhr die Stimme fort. Sonderbar salbungsvoll, diese Stimme. »Ich kann unmöglich fort.« Und es folgte eine Adresse in der Siebzigsten Straße.

Nun, ich hatte schon öfter Arbeitsunterlagen abgeholt. Seine Bitte war nicht außergewöhnlich. Ich stimmte zu und sagte, daß ich gleich kommen würde. Ich wollte meinen Urlaub wegen dieser Sache nicht verschieben.

Ich nahm die Untergrundbahn. Taxis waren ein unnötiger Luxus, und ein eigener Wagen war eine unverwirklichte Hoffnung. Es dauerte nicht lange, bis ich ein unscheinbares altes Haus betrat. Strawn ließ mich ein. Der Mann war ein Krüppel; seine ganze linke Seite war verkrümmt wie ein alter Baum, und er hatte Mühe, im Haus herumzuhinken. Er hatte strähniges schwarzes Haar und kleine, scharfe Augen.

Er begrüßte mich freundlich genug, und ich betrat eine kleine Bibliothek, während mein Auftraggeber um einen unordentlichen Schreibtisch humpelte und sich mir gegenüber niederließ. Die tiefliegenden Augen musterten mich, und er lächelte.

»Sind Sie ein guter Mathematiker, Dr. Aarons?« fragte er, und in seiner Stimme war entschieden mehr als eine Andeutung von Spott.

»Meine Arbeit ist bisher immer zufriedenstellend gewesen«, antwortete ich etwas gereizt. »Ich erledige seit mehreren Jahren statistische Arbeiten.«

Er wedelte mit seiner geschrumpften linken Hand.

»Selbstverständlich! Ich bezweifle Ihre praktischen Fähigkeiten nicht im geringsten. Sind Sie aber auch auf den abstrakteren Gebieten versiert — in der Zahlentheorie, zum Beispiel?«

Meine Gereiztheit nahm zu. Etwas war an diesem Mann ...

»Ich glaube nicht, daß ich für statistische Analysen von Experimentalreihen die Zahlentheorie bemühen muß«, sagte ich kühl. »Geben Sie mir Ihre Unterlagen, und ich werde gehen.«

Er lächelte wieder, anscheinend höchst amüsiert.

»Ich muß Ihnen gestehen, Doktor Aarons«, sagte er aufgeräumt, »daß das Experiment noch nicht abgeschlossen ist. Um die Wahrheit zu sagen, es beginnt erst.«

»Was?« Nun war ich richtig zornig. »Wenn das Ihre Vorstellung von einem Scherz ist ...« Ich erhob mich.

»Moment«, sagte Strawn. Er richtete einen sehr echt aussehenden, bläulich schimmernden Revolver auf mich. Ich setzte mich mit offenem Mund und nicht ohne ein Gefühl von Panik.

»Die Höflichkeit verlangt, daß Sie mich wenigstens zu Ende hören, Doktor Aarons. Wie ich sagte, das Experiment beginnt erst. Genauer ausgedrückt: Sie sind das Experiment!«

»Häh?« machte ich verdutzt. Wieder fragte ich mich, ob die ganze Sache vielleicht ein makabrer Spaß sein sollte.

»Sie sind also Mathematiker«, fuhr Strawn fort. »Nun, das macht Sie zu meinem Opfer. Ein Mathematiker, mein lieber Freund, ist für mich nichts anderes als ein Ding, das zur Strecke gebracht werden muß. Und ich werde es tun!«

Der Mann war wahnsinnig! Die Erkenntnis machte es mir noch schwerer, Ruhe zu bewahren. Verrückte muß man überreden, dachte ich.

»Aber warum?« fragte ich. »Wir sind harmlose Leute.«

Seine Augen blitzten mich an. »Harmlos, ha! Es war einer Ihrer Kollegen, der dies getan hat!« Er zeigte auf seine linke Körperhälfte und die verschrumpelten Gliedmaßen. »Er tat es mit seinen verlogenen Berechnungen!« Strawn beugte sich vertraulich vorwärts. »Hören Sie zu, Doktor Aarons. Ich bin Chemiker, vielmehr, ich war einer. Ich arbeitete an der Entwicklung von Explosivstoffen und war ein Experte auf dem Gebiet. Und dann arbeitete einer von euch verdammten Mathematikern eine Formel für mich aus! Eine falsche Dezimalstelle — aus! Ihr seid alle Freiwild für mich.« Er hielt inne, und das spöttische Lächeln kehrte zurück. »Ein gerechter Ausgleich, nicht wahr?«

Man kann sich vorstellen, wie groß mein Entsetzen war, als ich so dasaß, mir gegenüber einen gemeingefährlichen Irren mit einem geladenen Revolver in der Hand. Ich mußte auf ihn eingehen; ich hatte gehört, das sei die beste Behandlung.

»Nun, Mr. Strawn«, sagte ich, »Ihr Verlangen nach einem gerechten Ausgleich ist durchaus verständlich. Aber sicherlich dienen Sie nicht der Gerechtigkeit, indem Sie Ihren begreiflichen Groll an mir auslassen.«

Er lachte. »Ein bestechendes Argument, Doktor Aarons. Sie haben eben das Pech, daß Ihr Name in der alphabetischen Reihenfolge an erster Stelle steht. Hätte Ihr Kollege mir eine Chance gegeben — die geringste Chance, meinen Körper vor der Verunstaltung zu bewahren —, könnte ich geneigt sein, Vergebung zu üben. Aber ich vertraute den Berechnungen dieses Dummkopfes!« Strawn machte eine Pause und musterte mich wieder mit seinem bitteren, spöttischen Lächeln. »Ich werde Ihnen eine größere Chance geben, als ich sie damals hatte. Wenn Sie, wie Sie behaupten, ein guter Mathematiker sind, sollen Sie Ihre Gelegenheit zur Rettung Ihrer Haut haben. Ich habe nichts gegen die wirklichen Könner — nur gegen die Dummköpfe, die Schwindler und die Pfuscher. Ja, Sie werden Ihre Chance bekommen!«

Ich sah keine Alternative zur Fortsetzung dieser unheimlichen Farce. »Und wie lautet Ihr Vorschlag, Mr. Strawn?«

»Ganz einfach: Sie sind Mathematiker, und Sie sagen, Sie wären ein guter. Sehr schön. Wir werden Ihre Behauptung auf die Probe stellen. Ich denke mir eine mathematische Quantität, einen numerischen Ausdruck, wenn Sie das vorziehen. Sie haben zehn Fragen, sie zu finden. Wenn es Ihnen gelingt, sind Sie frei, was mich angeht. Aber wenn Sie versagen, und ich Sie als einen der Pfuscher erkenne, gegen die ich Krieg führe, dann wird der Ausgang nicht angenehm für Sie sein!«

Es dauerte ein paar Augenblicke, bis ich meine Stimme wiederfand und protestierte. »Aber Mr. Strawn! Das ist ein Ding der Unmöglichkeit! Der numerische Bereich ist unbegrenzt; wie kann ich eine gegebene Zahl mit zehn Fragen herausfinden? Stellen Sie mich auf eine faire Probe, Mann! Diese bietet nicht eine Chance auf eine Million!«

Er brachte mich mit einem Gefuchtel seiner revolverbewehrten Hand zum Schweigen. Dann lachte er. »Die Regeln unseres kleinen Spiels sind folgende: Ich denke mir einen numerischen Ausdruck, womit nicht unbedingt eine bestimmte Zahl gemeint sein muß — das ist ein Tip, den ich Ihnen großzügig gebe, ohne eine Frage dafür abzuziehen. Sie können mir jede bis auf die direkte Frage nach dem Ausdruck stellen. Sie können mir so viele Fragen zur Zeit stellen, wie Sie wollen, aber die Höchstgrenze ist zehn. In jedem Fall werde ich nicht mehr als zwei pro Tag beantworten. Das sollte Ihnen genügend Zeit zum Nachdenken geben.«

»Aber Mr. Strawn«, argumentierte ich. »Das würde mich hier fünf Tage festhalten. Spätestens morgen wird meine Frau zur Polizei gehen und eine Vermißtenanzeige aufgeben!«

Die Augen des Verrückten blitzten zornig auf. »Machen Sie mir nichts vor, Aarons. Ich weiß, daß Sie nicht verheiratet sind. Bevor ich Sie anrief, zog ich meine Erkundigungen ein. Ich weiß, daß man Sie nicht vermissen wird. Also versuchen Sie nicht, mich anzulügen!« Er stand abrupt auf. »Und nun, mein Herr, werden Sie mir durch diese Tür dort und die Treppe hinauf vorangehen!«

Es blieb mir keine andere Wahl, als ihm zu gehorchen. Die häßliche kurzläufige Waffe in seiner Hand war Autorität genug, wenigstens für einen Mann wie mich, dessen Verwegenheit sehr begrenzt ist. Ich erhob mich und stieg vor ihm die Treppe hinauf, öffnete auf seine Anweisung eine Tür und sah mich in einer fensterlosen Kammer, die ihr Licht durch eine Dachklappe empfing. Die Öffnung war vergittert. Eine Couch, ein Stuhl, ein alter Sessel und ein ausrangierter Schreibtisch stellten die Möblierung dar.

»Dies«, erklärte mein selbsternannter Gastgeber, »ist Ihr Studierzimmer. Auf dem Tisch steht eine Karaffe mit Wasser, und dort sehen Sie ein ungekürztes Wörterbuch. Es ist das einzige in unserem kleinen Spiel erlaubte Hilfsmittel.« Er blickte auf seine Uhr. »Zehn Minuten vor vier. Bis morgen um vier Uhr müssen Sie mir zwei Fragen gestellt haben. Die zehn zusätzlichen Minuten sind ein Geschenk von mir, damit Sie nicht an meiner Großzügigkeit zweifeln!« Er bewegte sich zur Tür. »Ich werde dafür sorgen, daß Sie Ihre Mahlzeiten pünktlich erhalten. Viel Glück, Doktor Aarons.«

Die Tür schloß sich, und ich begann sofort den Raum zu untersuchen. Die kleine Dachklappe war hoffnungslos, und das gleiche galt für die Tür; ich war eingekerkert. Ich verbrachte vielleicht eine halbe Stunde mit meiner fruchtlosen Inspektion, aber die stabile Tür war von außen abgeschlossen und verriegelt, die Dachluke durch schwere Eisenstäbe gesichert, und nach dem Klang beim Abklopfen zu urteilen, bestanden die Wände aus festem Mauerwerk. Abner Aarons war ein Gefangener!

Meine Gedanken wendeten sich Strawns verrücktem Spiel zu. Vielleicht konnte ich sein absurdes Rätsel lösen und so die Freiheit wiedergewinnen. Ich fand Zigarren auf dem Schreibtisch, zwang mich zur Ruhe und zündete mir eine an, um nachzudenken.

Es hatte natürlich keinen Zweck, von der quantitativen Seite her seinem irren Konzept beizukommen. Dabei konnte ich alle zehn Fragen nur zu leicht verplempern. Fragte ich ihn: ›Ist sie mehr als eine Million?‹ oder ›ist sie weniger als hundert?‹ würde ich mit dieser Eliminierungstaktik unmöglich auf die richtige Lösung kommen, die auch eine negative Zahl, eine Bruch- oder Dezimalzahl sein konnte oder sogar eine imaginäre Zahl wie die Quadratwurzel aus minus eins. Oder auch irgendeine mögliche Kombination von diesen. Die Überlegung gab mir immerhin einen Impuls für die erste Frage; als meine Zigarre bis auf einen zerkauten Stummel abgebrannt war, hatte ich meine erste Frage formuliert. Danach brauchte ich dann auch nicht mehr sehr lange zu warten. Kurz nach sechs wurde die Tür geöffnet.

»Zurück von der Tür!« befahl die Stimme meines Gastgebers. Ich gehorchte; der Verrückte kam herein, einen Teewagen mit einer recht respektablen Mahlzeit vor sich her schiebend, komplett von der Rindsbouillon bis zur Flasche Wein. Er schob den Wagen mit seiner verkrüppelten linken Hand; die Rechte hielt den Revolver.

»Ich hoffe, Sie haben Ihre Zeit nutzbringend angewendet«, spottete er.

»Meine erste Frage habe ich formuliert«, erwiderte ich.

»Sehr gut, Doktor Aarons. Lassen Sie uns hören.«

»Nun«, sagte ich, »unter den Zahlen, die Quantitäten ausdrücken, unterscheidet der Mathematiker zwei Gebiete, in denen jede mögliche numerische Bezeichnung klassifiziert werden kann. Diese Unterteilung wird von den echten Zahlen auf der einen Seite gebildet, zu denen alle negativen und positiven Zahlen, Brüche und Dezimalzahlen gehören, und auf der anderen Seite von der Klasse der imaginären Zahlen, die alle Produkte von Rechenoperationen auf der Quantität e einschließen, die man auch als die Quadratwurzel von minus eins bezeichnen kann.«

»Natürlich, Doktor Aarons. Das ist elementar!«

»Nun — ist diese Quantität real oder imaginär?«

Er strahlte vor finsterer Befriedigung.

»Eine sehr hübsche Frage, mein Herr! Und die Antwort — möge sie Ihnen von Nutzen sein — ist, daß sie beides ist!«

Ein Licht schien in meinem Gehirn zu platzen! Jeder Mathematikstudent weiß, daß nur eine Zahl sowohl real als auch imaginär ist, diejenige, die den Schnittpunkt zwischen den beiden Zahlensystemen markiert. ›Ich hab's!‹ Der Gedanke raste durch meinen Verstand. Mit einiger Anstrengung hielt ich den Anschein äußerer Ruhe aufrecht.

»Mr. Strawn«, sagte ich, »ist die Quantität, an die Sie denken, Null?«

Er lachte ein überlegenes Lachen. »Sie ist es nicht, Doktor Aarons!« Er zog sich an die Tür zurück. »Damit verbleiben Ihnen noch acht Fragen, da ich gezwungen bin, diesen voreiligen Schuß ins Dunkel voll anzurechnen. Guten Abend!«

Er war fort. Ich hörte den Riegel einrasten und ließ mich nach einem flüchtigen Blick auf die Mahlzeit in den Sessel fallen.

Es schien Stunden zu dauern, bis meine Gedanken wieder zusammenhängend wurden; genau wußte ich die Zeitspanne nicht, weil ich nicht auf meine Uhr blickte. Früher oder später erholte ich mich soweit, daß ich etwas essen und ein Glas Wein trinken konnte. Und dann überlegte ich meine dritte Frage.

Aus Strawns Andeutungen und seinen Antworten stellte ich eine Liste der gewonnenen Informationen zusammen. Er hatte eindeutig von einem numerischen Ausdruck gesprochen; das schloß alle algebraischen Formen wie x oder y aus. Die Quantität konnte real wie auch imaginär sein und war nicht Null; nun, das Quadrat jeder Imaginären ist eine reale Zahl. Wenn die Quantität mehr als eine Zahl enthielt oder wenn ein Exponent gebraucht wurde, dann war sein Ausdruck vielleicht nur das Quadrat einer Imaginären; eine solche Quantität konnte man als real, aber auch als imaginär ansehen. Ich kritzelte eine Anzahl Symbole auf ein Blatt Papier, dann warf ich mich erschöpft auf die Couch und schlief.

Das Quietschen der Tür weckte mich. Durch die Dachluke drang helles Tageslicht; ich hatte die Nacht durchgeschlafen. Strawn balancierte ein Tablett auf seinem linken Arm, in der Rechten hielt er den unvermeidlichen Revolver. Er stellte das Frühstück auf den Teewagen und räumte die Reste des Abendessens ab.

»Ein schlechter Appetit, Doktor Aarons«, kommentierte er. »Sie sollten nicht nervös werden. Noch keine Fragen? Es spielt keine Rolle; mit den beiden nächsten haben Sie bis morgen nachmittag Zeit.«

»Ich habe eine Frage«, sagte ich, nun hellwach. Ich stand auf und legte das Blatt Papier auf den Tisch.

»Eine numerische Quantität, Mr. Strawn, kann durch eine Operation mit Zahlen ausgedrückt werden. Statt die Zahl vier hinzuschreiben, kann man sie auch als ein Produkt darstellen, zum Beispiel 2×2, oder als Summe $3 + 1$, als Bruch $^8/_2$ und so weiter. Oder auch in anderer Weise, wie 2^2, $\sqrt{16}$ oder $\sqrt[3]{64}$. Alles verschiedene Methoden, die Quantität 4 darzustellen. Hier habe ich nun die verschiedenen mathematischen Symbole aufgeschrieben. Meine Frage ist die: Welches von diesen Symbolen wird in dem Ausdruck verwendet, den Sie im Sinn haben?«

Strawn grinste teuflisch.

»Sehr schön ausgedacht, Doktor Aarons! Es ist Ihnen gelungen, mehrere Fragen in einer zusammenzufassen. Dieses Symbol, mein Herr, ist das verwendete.« Er zeigte auf das erste auf meiner Liste, das Subtraktionszeichen, einen einfachen Strich!

Und meine Hoffnungen waren zunichte gemacht! Denn das Zeichen eliminierte meine sorgfältig durchdachte Theorie. Man kann Imaginäre nicht durch einfache Subtraktion in reale Zahlen verwandeln. Wieder war ich gründlich im Schwimmen, und für lange Zeit blieb ich unfähig, meine Gedanken auf einen neuen Ansatz zu konzentrieren.

Und so schleppten sich die Stunden dahin und wurden Tage. Jedesmal, wenn ich einen neuen Ausgangspunkt gefunden zu haben glaubte, blockierte er meine Fragen mit seltsam paradoxen Antworten.

Meine vierte Frage: »Gibt es Imaginäre in Ihrer Quantität?« entlockte ihm ein kühles, bestimmtes »Nein«. Meine fünfte: »Wie viele Digitale werden in diesem Ausdruck verwendet?« brachte ein ebenso bestimmtes »Zwei« hervor.

Welche zwei Digitale in Verbindung mit einem Minuszeichen konnten real oder auch imaginär sein? Eine Unmöglichkeit, dachte ich; dieser Irre will mich nur quälen. Und doch schien Strawns Verrücktheit zu klug, zu einfallsreich zu sein.

Bei meiner sechsten Frage hatte ich eine Inspiration. Ich sah einen Ausweg. Mit fiebernder Erregung erwartete ich seinen nächsten Besuch, und als er kam, wartete ich kaum, bis er die Tür geschlossen hatte.

»Mr. Strawn! Hier ist meine Frage: Angenommen, wir setzen ein Gleichheitszeichen hinter Ihre Quantität, welche Zahl oder Zahlen werden die Gleichung komplettieren?«

»Sehr schlau, Doktor! Eine beinahe gerissene Frage. Und die Antwort ist — jede!«

»Jede?« brüllte ich. »Dann sind Sie ein Betrüger, und Ihr

Spiel ist eine verdammenswerte Farce! Einen solchen Ausdruck gibt es nicht!«

»Aber gewiß, Doktor Aarons! Ein guter Mathematiker könnte ihn finden!« Und er ging lachend hinaus.

Ich verbrachte eine schlaflose Nacht. Stunde um Stunde saß ich an diesem verhaßten Schreibtisch, überlegte und versuchte mir Fragmente längst vergessener Theorien ins Gedächtnis zurückzurufen. Ich glaubte die Antwort zu haben. Die tückische, raffinierte Schlauheit des Mannes! Er hatte auf das Minuszeichen gezeigt und mich vorsätzlich irregeführt, denn das Symbol hatte für ihn die Bedeutung des Teilungsstriches einer Bruchzahl. Und durch Teilung war sein Problem lösbar. Denn es gibt eine Quantität, die buchstäblich alles bedeuten kann, reale oder imaginäre Zahl, und diese Quantität ist $\frac{0}{0}$! Man könnte meinen, daß die Antwort darauf 0 sein müßte, aber das ist sie nicht, nicht notwendigerweise. Nimmt man zum Beispiel $0 \times 6 = 0$, so ist das völlig korrekt. Nun, in dieser Gleichung geht 0 sechsmal in 0! Oder, anders ausgedrückt $\frac{0}{0} = 6$! Und so fort, für jede Zahl, real oder imaginär.

Und das war es, was der gerissene Strawn getan hatte, dachte ich. Am Morgen kam er grinsend herein.

»Haben Sie Ihre Fragen fertig, Dr. Aarons? Ich glaube, Sie haben noch vier übrig.«

Ich sah ihn an. »Mr. Strawn, ist Ihr Konzept Null geteilt durch Null, dargestellt als Bruch?«

Er grinste weiter. »Nein, mein Herr, das ist es nicht.«

Ich war nicht entmutigt. Es gab noch ein anderes Symbol, das den Erfordernissen gerecht werden konnte — eine andere Möglichkeit. Meine achte Frage folgte: »Dann ist es Unendlich geteilt durch Unendlich?«

Das Grinsen hielt sich in seinem Gesicht. »Leider nein, Doktor Aarons.«

Ich wurde nervös. »Mr. Strawn, als Sie den Bindestrich als das mathematische Symbol bezeichneten, das in Ihrem Ausdruck verwendet wird, meinten Sie ihn als Subtraktionszeichen oder als Teilungsstrich eines Bruches?«

»Als Subtraktionszeichen, Doktor Aarons. Sie haben noch eine Frage. Wollen Sie damit bis morgen warten?«

Der Krüppel grinste ungeheuer belustigt. Er schien gründliches Vertrauen in die Verzwicktheit seines wahnsinnigen Spiels zu haben. Ich zögerte in qualvoller Unschlüssigkeit. Schließlich verhalf mir die abstoßende Aussicht auf eine weitere, von Zweifeln gequälte Nacht zur Entscheidung.

»Ich stelle die Frage jetzt, Mr. Strawn.«

Die Lösung mußte einfach die richtige sein! Es gab keine anderen Möglichkeiten mehr; in meinen nächtelangen Überlegungen hatte ich sie alle erschöpft.

»Ist der Ausdruck, an den Sie denken, Unendlich minus Unendlich?«

Er war es! Ich sah es am Gefrieren seines Grinsens, an der Verblüffung und Enttäuschung seiner Augen.

»Das muß Ihnen der Teufel gesagt haben!« schrie er. Ich glaube, er hatte Schaum auf den Lippen. Er senkte seine Hand mit der Waffe, als ich mich zur Tür schob; er versuchte mich nicht zurückzuhalten, sondern stand in stummer Trostlosigkeit da, bis ich an der Treppe war. Dann ...

»Halt! Augenblick!« schrie er. »Sie werden es ihnen sagen! Warten Sie noch einen Moment, Doktor Aarons!«

Ich war mit zwei Sätzen die Treppe hinunter und sprang zur Haustür. Strawn kam hinterher. Ich hörte seinen Revolver krachen, als die Tür aufsprang und ich ins willkommene Tageslicht hinausschlüpfte.

Ja, ich zeigte ihn an. Die Polizei faßte ihn, bevor er verschwinden konnte, und schleppte ihn zum Gerichtspsychiater. So verrückt es klingen mag, aber seine Geschichte war wahr; er war wirklich in einer Laboratoriumsexplosion verkrüppelt worden.

Ah, die Lösung? Ist sie nicht klar? Unendlich ist der größte mögliche Ausdruck zahlenmäßiger Art — eine Zahl, größer als alles Vorstellbare. Man muß es so sehen:

Das mathematische Symbol für unendlich ist eine liegende Acht: ∞.

Nehmen wir nun die Frage $\infty + 6 = \infty$. Das ist wahr, weil man der Unendlichkeit nichts hinzufügen kann, das sie noch größer machen würde, als sie ist. Es ist bereits die größte mögliche Zahl. Daraus ergibt sich durch Transposition $\infty - \infty = 6$. Und so weiter; das System ist auf jede vorstellbare Zahl anwendbar, ob real oder imaginär.

Da haben wir die Antwort. Unendlich minus Unendlich kann jeder beliebigen Quantität gleichen, absolut jeder Zahl, real oder imaginär, von Null bis Unendlich. Nein, mit Court Strawns Mathematik war alles in Ordnung.

Coypright © 1936 by Street & Smith Publications, Inc.

BIBLIOTHEK DER SCIENCE FICTION LITERATUR

HELLICONIA: Eine der großen SF-Sagas im klassischen Stil

HELLICONIA: Das Science Fiction-Ereignis der achtziger Jahre

HELLICONIA: Ausgezeichnet mit dem Kurd Laßwitz-Preis als bester ausländischer SF-Roman des Jahres

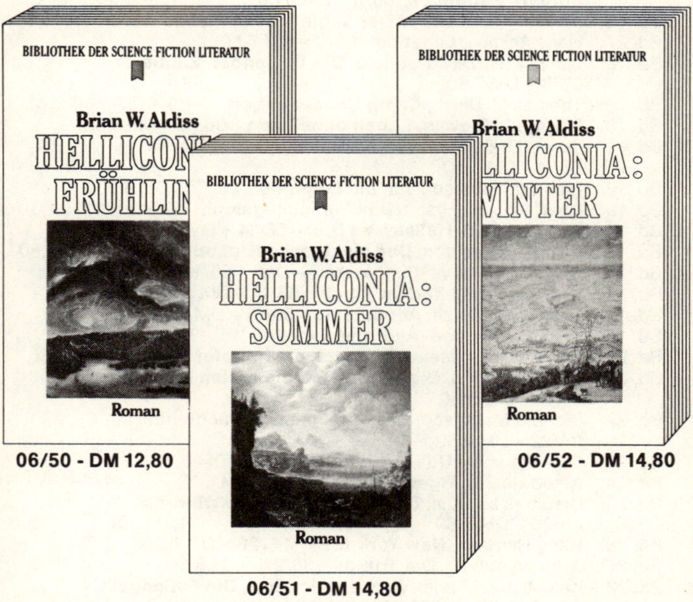

06/50 - DM 12,80

06/51 - DM 14,80

06/52 - DM 14,80

Wilhelm Heyne Verlag München

BIBLIOTHEK DER SCIENCE FICTION LITERATUR

Die Heyne-Taschenbuchreihe BIBLIOTHEK DER SCIENCE FICTION LITERATUR umfaßt herausragende Werke dieser Literaturgattung, die als Meilensteine ihrer Geschichte gelten. Die gediegen ausgestattete Collection ist nicht nur für den Liebhaber guter SF gedacht, sie bietet durch ihre repräsentative Auswahl auch das Rüstzeug für jeden, der sich mit diesem Zweig der Literatur auseinandersetzen möchte.

Bd. 1: Kate Wilhelm, **Hier sangen früher Vögel** 06/1 – DM 6,80
Bd. 2: Joe Haldeman, **Der ewige Krieg** 06/2 – DM 6,80
Bd. 3: Hal Clement, **Schwere Welten** 06/3 – DM 12,80
Bd. 4: Frederik Pohl/C. M. Kornbluth, **Eine Handvoll Venus und ehrbare Kaufleute** 06/4 – DM 5,80
Bd. 6: John W. Campbell jr., **Der unglaubliche Planet** 06/6 – DM 9,80
Bd. 7: Isaac Asimov, **Lunatico** 06/7 – DM 7,80
Bd. 8: Larry Niven/David Gerrold, **Die fliegenden Zauberer** 06/8 – DM 7,80
Bd. 9: Thomas M. Disch, **Camp Concentration** 06/9 – DM 5,80
Bd. 10: George R. Stewart, **Leben ohne Ende** 06/10 – DM 7,80
Bd. 11: James Graham Ballard, **Karneval der Alligatoren** 06/11 – DM 5,80
Bd. 12: Richard Matheson, **Ich bin Legende** 06/12 – DM 6,80
Bd. 13: Isaac Asimov (Hrsg.), **Das Forschungsteam** 06/13 – DM 9,80
Bd. 14: Frank Herbert, **Hellstrøms Brut** 06/14 – DM 7,80
Bd. 15: David G. Compton, **Das elektrische Krokodil** 06/15 – DM 6,80
Bd. 16: Daniel F. Galouye, **Simulacron – Drei** 06/16 – DM 5,80
Bd. 17: Brian W. Aldiss, **Tod im Staub** 06/17 – DM 5,80
Bd. 18: Thomas M. Disch, **Angoulême** 06/18 – DM 7,80
Bd. 19: Iwan A. Jefremow, **Andromedanebel** 06/19 – DM 9,80
Bd. 20: Isaac Asimov, **Meine Freunde, die Roboter** 06/20 – DM 9,80
Bd. 21: Olaf Stapledon, **Die letzten und die ersten Menschen** 06/21 – DM 9,80
Bd. 22: Richard Matheson, **Die seltsame Geschichte des Mr. C** 06/22 – DM 6,80
Bd. 23: Curt Siodmak, **Das dritte Ohr** 06/23 – DM 6,80
Bd. 24: Alfred Bester, **Tiger! Tiger!** 06/24 – DM 6,80
Bd. 25: Ursula K. Le Guin, **Die zwölf Striche der Windrose** 06/25 – DM 7,80
Bd. 26: Harry Harrison, **New York 1999** 06/26 – DM 6,80
Bd. 27: John Wyndham, **Die Triffids** 06/27 – DM 6,80
Bd. 28: Karl Michael Armer/Wolfgang Jeschke, **Die Fußangeln der Zeit** (Bd. 1) 06/28 – DM 7,80

BIBLIOTHEK DER SCIENCE FICTION LITERATUR

Bd. 29: Karl Michael Armer/Wolfgang Jeschke, **Zielzeit** (Bd. 2) 06/29 – DM 9,80
Bd. 30: Philip K. Dick, **Eine andere Welt** 06/30 – DM 6,80
Bd. 31: Oliver Lange, **Vandenberg oder Als die Russen Amerika besetzten** 06/31 – DM 7,80
Bd. 32: Helga Abret/Lucian Boia, **Das Jahrhundert der Marsianer** 06/32 - DM 9,80
Bd. 33: Ray Bradbury, **Fahrenheit 451** 06/33 – DM 5,80
Bd. 34: Curt Siodmak, **Donovans Gehirn** 06/34 – DM 6,80
Bd. 35: Carl Amery, **Das Königsprojekt** 06/35 – DM 7,80
Bd. 36: Bob Shaw, **Andere Tage, andere Augen** 06/36 – DM 6,80
Bd. 37: Olaf Stapledon, **Sirius** 06/37 - DM 6,80
Bd. 38: Keith Roberts, **Pavane** 06/38 – DM 7,80
Bd. 39: Sterling E. Lanier, **Hieros Reise** 06/39 – DM 9,80
Bd. 40: Thomas M. Disch, **Auf Flügeln des Gesangs** 06/40 – DM 9,80
Bd. 41: Christopher Priest, **Der steile Horizont** 06/41 – DM 7,80
Bd. 42: Edgar Pangborn, **Davy** 06/42 – DM 9,80
Bd. 43: Ursula K. LeGuin, **Planet der Habenichtse** 06/43 – DM 9,80
Bd. 44: Theodore Sturgeon, **Baby ist drei** 06/44 – DM 6,80
Bd. 45: Roger Zelazny, **Herr des Lichts** 06/45 – DM 7,80
Bd. 46: Karel Capek, **Der Krieg mit den Molchen** 06/46 – DM 7,80
Bd. 47: Ursula K. LeGuin, **Die Kompaßrose** 06/47 – DM 8,80
Bd. 48: Algis Budrys, **Projekt Luna** 06/48 – DM 6,80
Bd. 49: Walter M. Miller jr., **Lobgesang auf Leibowitz** 06/49 – DM 8,80
Bd. 50: Brian W. Aldiss, **Helliconia: Frühling** 06/50 – DM 12,80
Bd. 51: Brian W. Aldiss, **Helliconia: Sommer** 06/51 – DM 14,80
Bd. 52: Brian W. Aldiss, **Helliconia: Winter** 06/52 – DM 14,80
Bd. 53: David Lindsay, **Die Reise zum Arcturus** 06/53 – DM 7,80
Bd. 54: Jack Williamson, **Wing 4** 06/54 – DM 9,80
Bd. 55: Harry Harrison, **Todeswellen** 06/55 – DM 9,80
Bd. 56: Cyrano de Bergerac, **Mondstaaten und Sonnenreiche** 06/56 – DM 7,80
Bd. 57: Daniel Keyes, **Charly** 06/57 – DM 7,80
Bd. 58: A. E. van Vogt, **Null – A** 06/58 – DM 9,80
Bd. 59: James Blish, **Der Gewissensfall** 06/59 – DM 5,80
Bd. 60: Kit Pedler/Gerry Davis, **Mutant 59: Der Plastikfresser** 06/60 – DM 7,80
Bd. 61: Brian W. Aldiss, **Der lange Nachmittag der Erde** 06/61 – DM 8,80

Wilhelm Heyne Verlag München
Preisänderungen vorbehalten.

Heyne Taschenbücher. Das große Programm von Spannung bis Wissen.

HEYNE BÜCHER

Allgemeine Reihe mit großen Romanen und Erzählungen berühmter Autoren

Tip des Monats

Heyne Sachbuch

Heyne Report

Scene

Heyne MINI

Heyne Filmbibliothek

Heyne Biographien

Heyne Lyrik

Heyne Ex Libris

Heyne Ratgeber

Heyne Kochbücher

Kompaktwissen

Heyne Computer Bücher

Heyne Western

Blaue Krimis/ Crime Classics

Der große Liebesroman

Romantic Thriller

Exquisit Bücher

Heyne Science Fiction

Heyne Fantasy

Bibliothek der SF-Literatur

Jeden Monat erscheinen mehr als 40 neue Titel.

Ausführlich informiert Sie das Gesamtverzeichnis der Heyne-Taschenbücher. Bitte mit diesem Coupon oder mit Postkarte anfordern.

Senden Sie mir bitte kostenlos das neue Gesamtverzeichnis

Name

Straße

PLZ/Ort

**An den Wilhelm Heyne Verlag
Postfach 20 12 04 · 8000 München 2**